ENQUÊTES & SUSPENSE

Aux Éditions Alain Bargain

Serge Le Gall
- La secte de l'A
- Sables mouvant
- La Douarnenis
  et le Commissa
- Corps-mort à l'Î
- Traque noire à A
- Fugue mortelle en RE *(épuisé)*
- Le moine rouge de Carantec *(épuisé)*
- La Sirène de Port Haliguen *(épuisé)*
- Coup fourré dans les M^ts d'Arrée *(épuisé)*
- Vagues à lames à Noirmoutier *(épuisé)*
- Dépression sur les Glénan
- Belle-Île "Amère" *(épuisé)*
- Calvaire à Plougastel-Daoulas *(épuisé)*
- Course-poursuite sur l'Aven *(épuisé)*
- Cible ultime dans les Montagnes Noires
- Rouge baiser de Crozon *(épuisé)*
- Sac de nœuds à Trévignon
- Retour coupable à Pont-l'Abbé *(épuisé)*
- Quiberon Enrage *(épuisé)*
- Secrets salés à Fouesnant
- Fausses notes à Larmor-Plage
- Jeux de drames à Douarnenez
- Nature morte à Pont-Aven
- Châtiment à Port-Launay
- La belle endormie de Port-Manech
- Matin blême à Rosporden
- Coup de balai à Carnac

Michèle Corfdir
- Le Crabe
- Mortel Hiver sur le Trieux *(épuisé)*
- Chasse à corps à Bréhat
- Larmes de fond *(épuisé)*
- Vent contraire à Loguivy-de-la-Mer
- Herbes amères à Belle-Isle-en-Terre *(épuisé)*
- Il court, il court, le furet des Abers *(épuisé)*
- Fest-Noz sur le Nil
- Eau dormante en Trégor *(épuisé)*
- Nuits assassines à Paimpol
- Crime à l'Armoricaine *(épuisé)*
- Vendredi noir sur l'Arcouest
- Sueurs froides sur le Goëlo
- Baignade clandestine à Bonaparte

Catherine Schubert
- Odeur de sang à Penvénan

...ngin

- ...enez, piège à Mouettes
- Les Galets de Tréguennec
- Les bas-fonds de Quimper
- Pas de pardon à Locronan
- Un pavé dans La Loire
- Psychose sur Bénodet
- Sang d'encre au Mans
- La Torche entre deux eaux
- Du Pastis dans l'Odet
- Les Ombres du Rennes-Quimper
- La Madone du Faouët
- Effet domino à Concarneau
- Le Môme de Fouesnant
- Hors la loi à Groix
- Omerta Bigoudène
- Alliance explosive à Audierne
- Jeux pervers à Quimper
- Chasse à l'homme au Ménez-Hom

Rémi Devallière
- L'esprit d'Hoëdic
- Calculs sévères à Saint-Nazaire
- Sacré bidule à Pornichet
- "Pari" au mois d'août
- Piriac et son caillou mystérieux
- Vol 744 pour Le Pouliguen

Jean-Louis Kerguillec
- Carantec à corps perdu
- Enlèvement en Baie de Morlaix
- Mauvaise passe sur l'île Callot
- Les Amours Noires du Léon
- Le disparu du Taureau
- Frai*zh* Connection

Jacques Minier
- Traque mafieuse à Saint-Malo
- Double peine à Rennes

Aux Éditions Alain Bargain

Dans la collection

ENQUÊTES ET SUSPENSE :

Martine Le Pensec
- Onde de choc sur Fermanville
- Angoisse sur Penmarc'h *(épuisé)*
- Lumière noire sur la Penfeld
- Printemps funeste à Brest
- Treizième lune à Concarneau
- 32 octobre à Roscoff *(épuisé)*
- Terminus à Lannilis *(épuisé)*
- L'Enfer de Plogoff
- Alerte rouge à Brest *(épuisé)*
- Bad Trip à Lorient
- Le Cobra de Brest
- Le Mouton noir de Roscoff
- Sang pour sang à Recouvrance
- Amnésie sur Quimper
- Chat noir à Brest

Marie Vaillant
- Chantage Bigouden
- Les corps mourants de Plozévet *(épuisé)*
- Vague blanche au Pouldu
- Malaise sur la côte lorientaise
- Vie de château à Pont-L'Abbé

Simone Ansquer
- Téviec, le Secret *(épuisé)*
- Aux tours de La Rochelle
- Grain de sable à Saint-Pierre-Quiberon
- Le mystère de la Cathédrale de Vannes *(épuisé)*
- Carnac, les menhirs disparus
- Bons baisers de l'île de Houat
- Nuit d'Enfer à Quiberon
- Belle-Île ne répond pas

Gisèle Guillo
- Dernier rendez-vous à Vannes
- Du Léman au Morbihan *(épuisé)*
- Tempête à Quiberon
- La Belle de Carnac *(épuisé)*
- Le Saigneur de Quimper
- Vol de pigeons à Arradon *(épuisé)*
- Cash-cash au Crouesty *(épuisé)*
- Le Diable noir de Saint-Cado
- Clair-obscur à l'Île-aux-Moines *(épuisé)*
- Port-Louis, les ombres de la citadelle
- La Maison au bord du Golfe
- Les Amants Terribles de La Trinité
- Étel coupable ?
- Danger à Saint-Goustan

Stéphane Jaffrézic
- Chili-Concarneau
- Ville bleue et beaux dégâts *(épuisé)*
- Disparitions en Pays Fouesnantais
- Tri Yann Tro Breizh
- Vengeances croisées à Nantes
- Escale forcée à Brest
- Dolmens sanglants en Bigoudénie
- Escapade à Landerneau *(épuisé)*
- Le mauvais fils de Guidel
- Murder party à Quimper
- Rendez-vous raté à Quimperlé
- La Korrigane de Concarneau
- Coup de chaud à Bénodet

Michel Courat
- Ça meurt sec à Locquirec
- Marée rouge à Plestin-Les-Grèves
- Coup de grisou à Pleumeur-Bodou *(épuisé)*
- Mort en vrac à Morlaix
- Sauvage farandole à Paimpol *(épuisé)*
- Mise à mort en Bretagne nord *(épuisé)*
- Masques de Terreur à Lanmeur
- Été meurtrier à Tréguier
- Le raisin coule à Lesneven
- Le Diable s'invite à Locquirec
- Morts à gogo à Plouguerneau
- Morlaix, TERminus !
- Les dessous de Plougasnou
- Granite écarlate
- Dernier tango à Plouescat

Bernard Enjolras
- Îlot mortel à Trégastel
- 3 petits singes en Côtes-d'Armor *(épuisé)*
- Mauvais sorts dans Le Trégor
- Micmac à Ploumanac'h
- Sale temps sur Penvénan
- Jeu d'échecs à Perros-Guirec
- Guêpier à Tréguier
- Jackpot dans le Léon
- Requiem à Paimpol
- Escale à Cancale
- L'inconnue de Saint-Thégonnec

ENQUÊTES & SUSPENSE

Aux Éditions Alain Bargain

Dans la collection
ENQUÊTES ET SUSPENSE® :

Élisabeth Mignon
- Fontaines mortelles à Quimper
- Jardins funèbres en Cornouaille
- Déferlantes au Guilvinec

Pierre Engélibert
- L'Ours du Finistère

Jean-Michel Arnaud
- Cavale à Brest
- Blues en Rafale à Landivisiau
- Le bagad bombarde à Quimper
- Loto létal dans le Léon
- Fresque de sang sur le Ponant
- Lettres mortes à Lannilis
- Lame scélérate à Morgat

Philippe-Michel Dillies
- Meurtres à Monnaie *(épuisé)*
- Chasse à Tours *(épuisé)*
- Train d'enfer pour Saint-Pierre-des-Corps
- Les roses noires de Chartres
- Du raisiné à Vouvray
- Partie truquée à Descartes
- Embrouille à Amboise *(épuisé)*
- L'écheveau de Blois
- Anicroches à Loches
- Murmures en Saumur
- Les plumes noires de St-Cyr-sur-Loire
- Clash à Tours

Patrick Bent
- Erquy profite le crime *(épuisé)*
- Le macchabée du Val-André *(épuisé)*
- Saint-Cast priez pour eux ! *(épuisé)*
- Hécatombe à Saint-Malo
- Nuit noire à Dinard *(épuisé)*
- Algues fatales à Erquy *(épuisé)*
- Rock'n'Roll à Lamballe
- Pluie de fiel sur Fréhel
- Arnaque à Erquy

Jean-Jacques Égron
- Marais mouvant dans le Golfe
- Tracto Breizh
- Embruns toxiques sur Lorient
- Les Privés du Croisic

Alain Couprie
- Ça chauffe à Roscoff *(épuisé)*
- Pas d'oignons pour le Léon
- La Mutilée de Saint-Renan
- Drague folle à Lannion

Gérard Croguennec
- Voile épais au Conquet
- Brest, Abri 668
- Morlaix en eaux profondes
- La martyre du Conquet

Christophe Chaplais
- Pâté de Corbeau aux amandes amères *(épuisé)*
- Le calisson jusqu'à la lie
- Farz aux herbes de Portsall
- Addition salée au Croisic
- Salade russe aux noix de Grenoble *(épuisé)*
- Fourchette mortelle à Chinon *(épuisé)*
- Soupe de Crabes à Brest *(épuisé)*
- La face cachée des Étoiles *(épuisé)*
- Mélodie gourmande à Guérande

Vincent Cabioch
- 5 Diables Verts à Huelgoat

Jean-Pierre Farines
- Brume sur la Presqu'île
- La route de Rocamadour
- Le Phénix est mort à Camaret
- Cercueil vide en Mer d'Iroise

COUP DE BALAI à CARNAC

Aux Éditions Alain Bargain

Dans la collection **POL'ART :**

Serge Le Gall
- Sombre dessein à Pont-Aven
- Meurtres du côté de chez Proust *(épuisé)*
- Eaux-fortes à Ste-Marine *(épuisé)*
- Ciel rouge au Pouldu *(épuisé)*

Loïc Gourvennec
- Le râle du basson *(épuisé)*

Yves Horeau
- Monsieur Butterfly *(épuisé)*

Renée Bonneau
- Nature morte à Giverny *(épuisé)*
- Séquence fatale à Dinard *(épuisé)*
- Sanguine sur la Butte *(épuisé)*

Stéphane Jaffrézic
- Toiles de fond à Concarneau
- Le Rubis de Châteauneuf-du-Faou

Serge LE GALL

COUP DE BALAI à CARNAC

Collection

ENQUÊTES & SUSPENSE

Quadri Signe - Editions Alain Bargain
125, Vieille Route de Rosporden - 29000 Quimper
E-mail : contact@editionsalainbargain.fr
Site Internet : www.editionsalainbargain.fr
Facebook : https://www.facebook.com/editionsalainbargain

« *Que se vayan todos*
Y que no quede ninguno ! »

« Qu'ils s'en aillent tous
Et qu'il n'en reste aucun ! »

Caryl Férey in Mapuche
Gallimard, 2012.

PROLOGUE

Elle regardait par la fenêtre.

Peut-être pas de la même manière que les autres jours.

Au-dehors, il y avait du vent, de ces accès d'air énervé faisant crépiter des grains de sable sur les oyats de la dune. Ou d'autres plantes de bord de mer. Elle en avait d'ailleurs oublié le nom, à force de n'avoir plus le cœur à s'intéresser à quoi que ce fût.

Pourtant il y avait eu une sorte de lueur au fond du tunnel. Et ça datait juste de quelques jours. Comme si l'on avait soudainement repensé à elle avant qu'elle ne ferme ses volets pour ne plus jamais revoir la clarté du matin.

Oui, quelque chose touchant de très près au frémissement de la vie qui ne se résigne pas à presser l'interrupteur pour couper le courant. Oh, bien sûr, il n'était pas question de qualifier la nouvelle de sauvetage, de renouveau ou de rédemption.

Voire de bonheur.

Non, c'était juste quelques jours de lumière blanche poussant la nuit dans ses retranchements.

Une sorte de souvenir en forme d'espérance.

Avant d'en finir avec tout ça.

bout du filin qu'une bouée à flotter au gré des marées.

Question vestimentaire, elle aurait pu être en jean, pull ras du cou et tennis. Porter aussi un sac à dos d'une grande marque de sport et se protéger les yeux par des lunettes de soleil rapportées d'un séjour écolo en Ardèche ou d'un trekking inoubliable au Népal.

De ce costume somme toute assez banal pour une randonneuse de son temps, elle n'arborait pas la moindre pièce. Ce qu'elle montrait en était résolument à des années-lumière. Et ça, ce n'était pas banal du tout.

Elle portait une sorte de sarrau à manches longues boutonnées aux poignets. Tissu à grands carreaux bleu marine soulignés d'un trait crème, genre passé de mode mais quand même récemment repassé avec soin. Avec des boutons jusqu'en bas. Sur la tête et bien enfoncé sur le front, un chapeau de bourgeoise du XIXe, rehaussé d'un galon jauni. Probablement en feutre de qualité et façonné par un professionnel, le couvre-chef. S'il en existait encore. De collection peut-être. Oublié certainement. Cher de toute apparence.

Le pli de la blouse s'arrêtait juste au-dessous des genoux, comme c'était la mode des années soixante. Le vêtement ne comportait pas de col à proprement parler. Juste un carré dévoilant le cou et la gorge, encadré par deux gros boutons nacrés en partie haute pour le rendre, certainement, un peu moins strict. Une étroite ceinture noire à boucle dorée et serrée marquait la taille. Des chaussettes blanches et fines sans le moindre froncement enveloppaient totalement les mollets. Des chaussures cirées à l'ancienne terminaient l'aspect vestimentaire. Plutôt des socques, d'ailleurs, avec des talons bas et deux clous visibles sur le côté externe du pied.

Au poignet gauche pendait une petite médaille bleue de Sainte-Anne d'Auray attachée à un fin bracelet doré ressemblant à un cadeau qu'elle aurait pu recevoir le jour de sa communion solennelle. Cérémonie qui datait au moins du siècle dernier pour une femme que l'on ne pouvait plus vraiment prendre pour une adolescente. Pourtant elle paraissait un peu à l'étroit dans un costume qui semblait être celui d'une jeune fille. Le sien sans doute mais revu et corrigé des dizaines d'années plus tard. Un geste nostalgique.

Le visage de la dame, ses mains et la partie visible de ses jambes montraient une carnation brun clair qui paraissait plus naturelle qu'un reste d'ensoleillement de l'été passé. Elle avait les yeux clos, et sa tête était légèrement penchée vers son épaule gauche. Façon pietà.

Il n'y avait pas la moindre tension dans son attitude. Aucune souffrance apparente non plus, marquée par un rictus ou matérialisée par la présence d'un reflux œsophagien pâteux et malodorant. Peut-être une sorte de sérénité issue d'une acceptation du destin somme toute funeste.

L'étrange spectacle aurait pu tout aussi bien être le tableau très inspiré d'un metteur en scène de théâtre cherchant à créer une affiche originale pour son prochain spectacle avant-gardiste.

Un photographe à la casquette de Rouletabille et pantalon de golf était peut-être attendu sur le site pour figer le plan idéal. On allait s'agiter tout autour, bousculer la quiétude du lieu puis le modèle, gêné par le petit vent frais louvoyant entre les menhirs et venant lui titiller le cou, insisterait pour qu'on la libère rapidement avant qu'elle ne contracte une belle angine.

Mais non. Rien de tout cela.

L'inconnue soigneusement ficelée à l'imposante pierre dressée ne monterait jamais sur une scène pour déclamer la tirade de l'acte trois, scène cinq.

Pas plus qu'elle ne raconterait à quiconque l'ultime épisode de sa singulière aventure.

Pas plus qu'elle ne prononcerait un traître mot à l'avenir.

Puisqu'elle était morte.

II

Landowski rajusta son micro de casque en appuyant la bonnette de mousse noire à toucher ses lèvres. Le commissaire divisionnaire allait, dans quelques minutes, faire une pause dans un vol comme commandant de bord, qui compterait pour le renouvellement de sa licence aéronautique.

— Vent de travers, annonça son unique passager, laconique.

Le pilote ne répondit pas. Il était concentré sur l'alignement en piste 29, qu'il voyait grandir dans le pare-brise du Cessna 172. L'aérodrome de Quiberon dispose d'une piste assez courte pour qu'on le surnomme le porte-avions, et le toucher doit se faire au plus près des marques de seuil par sécurité.

Juste le temps d'ajouter un deuxième cran de volets et de prévenir à la radio que l'appareil amorçait la finale et, très vite, la distance diminua sensiblement. Le vent de travers annoncé et toujours désagréable dans cette dernière phase de vol anima les ailes hautes de l'appareil au passage du grillage d'enceinte juste avant que le train arrière ne prenne contact avec la piste 29, puis le changement d'assiette amena doucement la roulette à se poser sur le revêtement.

— *Kiss landing* ! annonça le passager en riant.

L'atterrissage en douceur, qui ne doit pas être systématiquement recherché, est appelé ainsi par les férus d'aviation. Un peu de roulage pépère pour revenir vers les installations puis un virage à gauche pour rejoindre le tarmac. Devant les hangars, un Waco rouge et jaune basé à Quiberon depuis des années attendait son tour avant de pénétrer sur la piste.

Les pilotes se saluèrent d'un geste de la main et le biplan roula lentement vers le point d'arrêt tandis que le Cessna rejoignait le parking à petite vitesse.

Le Waco ronfla au décollage alors que Landowski posait les pieds sur le revêtement de l'aérodrome. Les deux amis regardèrent l'avion s'envoler au-dessus de la baie puis ils se dirigèrent d'un pas décidé vers les installations.

Quelques instants plus tard, assis tous les deux dans la vieille voiture prêtée par l'aérodrome, le pilote militaire lança :

— Bon vol, non ?

— Je perds la main ! dit Landowski, un tantinet bougon.

— Faudrait être plus assidu, Commissaire ! L'aéro, c'est comme tout. De la théorie forcément mais de la pratique, de la pratique !

— Faut du temps libre pour ça ! Va donc plaider ma cause au ministère !

— Ils t'ont quand même un peu oublié depuis quelques mois !

Landowski haussa les épaules.

— Pas vraiment ! Il y a toujours une affaire quelque part qui finit par me rattraper.

Landowski ricana avant d'ajouter :

— Et j'aime ça !

— Cette histoire bizarre à Rosporden, par exemple ?*

— J'étais en stand-by. On est venu me chercher. Je n'aime pas décevoir. J'en ai profité pour m'amuser un peu !

— Une affaire tordue à ce que j'ai pu en lire dans la presse locale.

— C'est comme ça que je les aime ! Les faits divers cousus de fil blanc où tu comprends tout de suite ce qui s'est passé, je les laisse aux séries télé.

— Faut que ce soit compliqué ?

— Je préfère !

— On a retrouvé les diam's ?

Landowski plissa les yeux tout en regardant devant lui.

— Mais, quels diam's ?

— Il en a bien été question dans cette affaire, non ? J'ai lu ça quelque part.

— …

*Lire *Matin blême à Rosporden*, même auteur, même collection.

— Secret-défense, c'est ça ?

Landowski botta en touche.

— J'étais très pote avec mon ancien directeur. On a eu de belles séquences policières en commun. Quand on joue aux gendarmes et aux voleurs, il y a parfois un geste qui sauve, une balle qui passe à côté, une vie qui est sauvée. Les gens de la rue ne savent pas tout ça !

— Et il y a eu un os…

— Une promotion m'attendait. D'ailleurs, elle m'attend encore ! Un nouveau président, donc un nouveau patron. On ne sait pas si ça sert à quelque chose de jouer systématiquement aux chaises musicales mais ça se pratique toujours. Histoire d'affirmer le pouvoir, je suppose.

— Et il est comment, le remplaçant ?

— Il m'a payé un petit séjour en Corse !

— Y a pas de flics là-bas ?

Landowski sembla apprécier la remarque.

— Dans les affaires délicates, expliqua-t-il, il vaut mieux envoyer un extra sur place. D'abord, c'est un esprit neuf qui peut s'interroger sur des choses devenues plus banales pour d'autres. Mais surtout, on évite autant que possible de mettre les fonctionnaires locaux en porte-à-faux. Une fois les réjouissances terminées, eux, ils restent sur place. Faut pas l'oublier !

— Et c'était quoi, cette fois ?

— Une embrouille avec un air de déjà-vu mais bien mijotée avec du plomb et du sang. En même temps, notre métier, c'est rarement Bisounours et compagnie !

— Des morts ?

— Forcément ! Trois membres d'une même famille exécutés pendant qu'ils regardaient le journal télévisé.

— Ah, quand même !

— Le père, la mère et le fils de vingt ans. On les a retrouvés autour de la table, descendus au fusil de chasse pour bartavelles. Un doublé pour le père de famille, tête et poitrine. Carnage garanti. Une cartouche pour la mère. Un trou à la place du sein gauche et donc du cœur. Une cartouche pour le fils. Plein front. *Game over*. Quatre étuis sur la terre cuite du carrelage. Donc deux tireurs au moins. Tir au pigeon d'argile dans un tunnel. À trois mètres, tu matches à tous les coups. Imparable !

— Ils ne les ont pas ramassés ?

— Pour quoi faire ! Ces cartouches-là, tout le monde en a. Même les gendarmes !

— Action par surprise ?

— Pas si sûr. La scène était figée. Comme si les victimes avaient sagement attendu les tueurs puis accepté la sentence.

— On a vu quelque chose, quelqu'un, un véhicule ?

— Pas de témoins déclarés.

— Personne n'a entendu les tirs ?

— La télé était à fond. La maison est située au fond du vallon.

— C'est dingue ! Quatre cartouches, ça fait du bruit en campagne !

— Pas tout le temps. La preuve !

— Et c'était qui, les *targets* ?

— Un truand d'origine italienne rangé des voitures pour cause de Parkinson, sa femme et leur fils qui marchait avec succès sur les traces de son père. Dans ces milieux, y a pas de retraite, pas de prescription. Il y a toujours l'ami d'un ami qui se pointe un jour pour solder la facture. C'est sans fin.

— Et tu as résolu l'affaire ?

Landowski secoua la tête.

— En Corse, tu ne trouves pas les coupables en claquant des doigts ! Surtout si tu tiens à la vie. Remarque, chez les pourvoyeurs de came dans les zones de non-droit de la banlieue parisienne, c'est devenu pareil. Le mal a horreur du vide !

— Et t'as fait quoi alors ?

— D'abord, j'ai consulté le SIRASCO pour voir ce que les collègues avaient en magasin.

— C'est quoi, ce truc ?

— Le Service d'information, de renseignement et d'analyse stratégique sur la criminalité organisée.

— Vous alors, avec vos sigles !

— C'est mieux chez les militaires ?

— Pas vraiment.

— Puis faut essayer de fermer les pistes une à une pour réduire le champ d'investigation. Ensuite faire des recoupements, des constatations, rédiger des notes et des procès-verbaux… Mais surtout soigner quelques prises de contact très importantes pour la suite. Des rendez-vous discrets dans la montagne. Entendre et écouter. Se taire aussi. Faut surtout frapper à la bonne porte. Donc avoir un bon carnet d'adresses.

— Et tu as ?

— Ange P., mon collègue et ami, a sévi à la DST pendant des années avant la fusion avec les RG. Il a son petit répertoire perso. Des notes. Des dates. Des noms. Mieux que le dictionnaire ! Une encyclopédie !

— Un carnet noir ou un bottin ?

— Les deux. Mais attention, hein ! À ne pas mettre entre toutes les mains ! D'ailleurs illisible pour le non-initié. Codes, signes cabalistiques et tout le saint-frusquin ! On a beau apprécier les progrès dus à l'informatique, il y a des trucs qu'il vaut mieux conserver à l'ancienne si on veut rester en vie. Attention quand même ! Ce sont des secrets à t'emporter la tête d'un coup de fusil si tu commences à baver sur tes congénères !

— Comme cette famille ?

— Peut-être.

Landowski soupira.

— Donc, Ange m'a passé quelques infos. Quelques !

— Et tu es rentré sur le continent avant de conclure ?

Landowski soupira encore, comme pour donner du poids à sa réponse.

— Oh là, faudra du temps ! Et puis faut pas s'éterniser quand on travaille seul et qu'on vient du continent. On dérange l'ordre établi, le *modus vivendi* et tout ce qui sous-tend la vie courante quoi. *Statu quo*, on appelle ça. Sinon ton pastis bien frais en terrasse peut se terminer en grenadine sur le coup de midi parce qu'un motard vient de t'en coller une entre les deux yeux ! Très peu pour moi !

— Maintenant que tu es rentré, la police va laisser tomber ?

— Mais bien sûr que non ! On change le fusil d'épaule, on remplace les hommes mais la machine ronronne toujours et ça avance tranquille ! Inexorable ! La criminalité organisée, ça se joue sur la distance ! La loi l'emporte toujours ! Enfin, je l'espère !

— Donc après ça, un peu de repos pour le célèbre commissaire divisionnaire Landowski ?

— Je vais profiter quelques jours mais y a toujours quelqu'un au-dessus qui peut décider de modifier mon emploi du temps ! J'obéis aux ordres. 24/24 !

— Comme nous dans l'aéronavale ! Un jour tu fais avion-taxi pour un cinq-galons. Le lendemain, tu pars au Mali chez Barkhane !

— Pour pantoufler à Quiberon avec ta famille, c'est pas gagné !

— J'y viens dès que possible ! Je m'arrange mais je ne reste que le week-end. Les enfants ont école le lundi.

— Et il y a des travaux dans ton quartier en ce moment. On a vu ça en vol tout à l'heure.

— C'est du côté port de plaisance. Il faut faire ce qu'il faut. Ce sera super après ! Et ça va valoriser l'immobilier ! Si tu veux passer quelques jours avec Lorraine, tu me dis et je te pose un jeu de clés à Trévignon !

Landowski hocha la tête puis ralentit.

— Je tourne là ?

D'un signe de l'index, il venait d'indiquer une rue à droite.

— Oui et tu fais deux cents mètres.

— C'est marrant, dit le commissaire, un peu pour lui-même.

— De quoi ?

— Il y a quelques années, on a passé des vacances d'été à Quiberon. Dans ce quartier. Lorraine et moi.

Il serra les lèvres en ayant une pensée pour sa compagne, magistrate au parquet de Paris.

— C'était bien ?

— Sauf que, plus tard, il y a eu une sirène à passer dans le secteur et…

— … le boulot t'a rattrapé, c'est ça, hein ?

Landowski esquissa un sourire.

— Je reste incorrigible ! Les vacances m'ennuient très vite. Quand j'étais en poste en région parisienne, tous les jours étaient des jours de semaine ! Je m'en foutais. J'avais rien d'autre à faire et ces cons de malfrats me prenaient la tête. J'aimais bien les choper au petit matin du dimanche en tricot de corps et en slip alors que leur régulière dormait encore. On montait l'escalier sans faire de bruit. On se plaquait contre le mur du couloir. On vérifiait le calibre. On se bouffait une tartine d'adrénaline. Ensuite, j'y allais franco. Avec Ange, d'ailleurs. On faisait un joli duo. On jouait à pile ou face pour savoir qui entrait le premier. On aurait pu se faire plomber comme des ramiers ! Mais on aimait ça !

— T'étais célibataire ?

— Il n'y avait pas Lorraine à cette époque !

— À cette heure-là et le dimanche en plus, elle t'aurait pris par les sentiments !

— Des fois, le week-end, je me lève aux aurores. L'habitude…

Landowski jeta un regard de travers en direction de son passager puis il stoppa la voiture le long d'une haie taillée au cordeau.

— Je t'attends ? demanda-t-il.

— Bien sûr que non ! Je n'en ai pas pour longtemps ! Viens ! Je veux vérifier qu'ils ont installé le nouveau compteur électrique dont tout le monde parle. Je veux voir si ça marche. Tu sais, ces trucs high-tech, des fois…

Le pilote fit la grimace.

— Je trie le courrier et on se prend un petit café avant de repartir ! On voit la mer de chez moi !

— Comme chez Lorraine !

— La maison est à elle ?

— C'est son coup de cœur. Je respecte…

— Bel endroit !

— Vue imprenable sur l'archipel des Glénan !

— On y passe en patrouille de surveillance des côtes avec notre vieux Breguet !

Tout en parlant, ils étaient sortis de la voiture. Le pilote de l'aéronavale chercha la bonne clé dans le trousseau puis il se planta devant les boîtes à lettres.

Quand il ouvrit celle qui était à son nom, un flot de prospectus glissa vers la sortie. Il leva les mains pour tout bloquer puis il sortit les papiers en paquets moins épais qu'il tria sur place, jetant aussitôt tout ce qui ne l'intéressait pas dans la poubelle placée sous l'escalier. Il ne conserva que les journaux et deux ou trois lettres qui ne paraissaient pas très importantes a priori au vu des raisons sociales affichées au recto.

— Et tu te fais livrer le journal ? demanda Landowski, étonné.

— Juste celui du samedi pour qu'on se tienne au courant des news du coin !

— Si tu restes des semaines sans passer par là, la boîte doit être pleine !

— Comme ça, il reste moins d'espace pour les pubs !

Ils entrèrent. La clarté surprit aussitôt Landowski. L'orientation plein sud avait du bon !

Le militaire posa son fardeau sur la table ronde et il marcha jusqu'à la baie vitrée, qu'il ouvrit en force.

— Quand c'est pas manœuvré régulièrement ces trucs-là, ça coince ! expliqua-t-il.

La pile de journaux mal positionnée sur des prospectus d'un plus petit format décida de se manifester et les exemplaires du dessus entamèrent un slalom spécial se terminant sur le sol carrelé.

Landowski esquissa le geste de se baisser mais le propriétaire l'en dissuada :

— Laisse ! Ils n'iront pas plus loin, va ! On y jettera un œil la semaine prochaine ! Je vais les classer par date et ils iront rejoindre les autres sur le canapé !

Il désigna un paquet de journaux sagement rangés contre un accoudoir. Landowski regarda le désordre sur le sol et il ne put s'en désintéresser, d'autant qu'il devrait l'enjamber pour gagner la terrasse. Donc il se baissa et rassembla un paquet de journaux qu'il déposa sur la table en tapotant les bords pour en faire une pile ordonnée.

Ce fut la une du dernier quotidien qui accrocha son regard.

Il y avait la photo d'un alignement de menhirs avec, sur le côté droit, l'amorce d'un véhicule de pompiers garé juste derrière une voiture de gendarmerie.

Assemblage un peu anachronique de l'ancien et du moderne. De quoi perturber un druide de passage dans le coin !

Un bandeau au-dessus du cliché annonçait simplement : « *Mise en scène macabre à Carnac.* »

— Dis, Lando, on dirait bien que ton job arrive à te poursuivre jusqu'ici, non ?

L'ami venait de se pencher sur l'article.

— Le crime n'a pas de frontières, répondit sentencieusement le policier.

— T'étais au courant de ce fait divers ?

— Mais pas du tout ! Je suis arrivé de Paris hier soir. Le temps de te proposer une balade à deux mille pieds ce matin et nous voilà ici !

— Mais vous n'avez pas une main courante, un site, un truc d'info pour vous filer les dernières news ?

— Bien sûr que si ! Sauf qu'il faut aller consulter la base et que je ne le fais jamais quand je pars en week-end. Faut pas tenter le diable !

— Et Lorraine ?

— Elle rentre ce soir. D'ailleurs, faudrait se grouiller pour le retour. Elle n'aime pas trop que je sois dans la nature quand elle arrive à Trévignon.

— Jalouse ?

— Et fatiguée en plus !

— De quoi plomber la soirée !

— T'as tout compris !

Landowski feuilleta le journal pour trouver l'article associé à la photo de couverture. Son ami lui dit :

— Emporte le journal. D'ailleurs, c'est le plus récent. Tu le liras en attendant ta dulcinée !

— Faudra que je fasse à bouffer avant !

— Du jambon et des pâtes !

— Tu rigoles ! Elle m'enverrait bouler ! Quand elle arrive de Paris, Lorraine déguste du crabe ou du poisson. Ou les deux !

— Et tu as ?

— J'ai. Et du frais !

Landowski replia le quotidien et le posa en réserve sur l'autre accoudoir du canapé. Les deux hommes sortirent sur la terrasse. On entendit un aéronef au décollage s'élancer sur la piste en ronflant.

— T'es vraiment pas loin ! constata Landowski.

— Moi, ça ne me gêne pas !

Il disparut dans l'appartement le temps de faire un ersatz de café.

Landowski entendit un bruit de casserole puis un juron. Un ustensile récalcitrant avait probablement décidé de se faire la malle.

Il regarda en direction de la plage. Il y a toujours des vaguelettes qui s'amusent au bord du sable à marée basse. Il s'en souvenait très bien. Il se caressa le menton et plissa les yeux comme s'il y avait quelque chose qui attirait son attention. En fait, c'était la photo du journal qui s'imposait lentement dans son cerveau.

Et quelque chose d'autre.

Le journal n'était pas celui du samedi prévu dans l'abonnement mais l'édition du vendredi.

Bizarre autant qu'étrange !

Ainsi donc, on avait trouvé un cadavre au pied d'un menhir. De quoi faire naître sur ses lèvres un sourire carnassier. Surtout si quelqu'un avait déjà envie de le brancher sur l'affaire !

On ne prête qu'aux riches, c'est bien connu !

III

— Dis, Lando, tu viens te coucher ?

Lorraine Bouchet, magistrate au parquet de Paris et compagne du commissaire divisionnaire, se tenait là au beau milieu du salon. Elle était pieds nus, en nuisette dans les tons bleus, une bouteille d'eau sous le bras.

— J'ai une sortie aviron demain matin, expliqua-t-elle. Les filles du club de Trégunc sont toujours aux taquets. Faut pas que je m'endorme trop tard ! Serait bête de rester sur la plage et de voir la yole filer vers le large !

Argument, costume, ton : tout y était pour l'invitation feutrée d'une femme à son homme.

— J'arrive ! dit Landowski en sachant pertinemment que ce ne serait pas à la minute.

— Je lis un peu et je dors ! prévint Lorraine, connaissant très bien son compagnon.

— Je te réveillerai !

Lorraine soupira.

— Tu ne viens pas de te taper le taxi, l'aéroport, trois appels de ma greffière, un du proc et le blabla du chauffeur en prime avant de monter dans l'avion ! Et au programme de l'après-midi, des dossiers au kilomètre et une note ministérielle de dix pages à lire absolument !

— T'as pu dormir dans l'avion ?

— Mais pas du tout ! J'ai continué à bosser. Ce n'est pas comme un super-flic que je connais qui vient de se faire un vol de courtoisie pour passer le temps !

— Désolé de ne pas avoir encore été nommé patron du RAID !

— Mais ça pourrait !

— Tu voulais m'envoyer pantoufler en préfecture, je croyais ?

— J'espère toujours. Faut le temps ! Lâche pas la rampe, Jerry !

— Mais à ton arrivée ici, tu as eu un bon dîner pour effacer tous tes problèmes de diligences, non ?

Le visage de Lorraine s'éclaira :

— J'avoue que ta sauce hollandaise sur les filets de sole était très réussie !

Elle leva l'index et continua :

— Manquait p'têt un chou à la crème de la boulangerie Carduner à Saint-Philibert pour finir en beauté ! Ou une bonne polonaise, tiens ! Ton copain Armand sait les faire gourmands ses gâteaux !

— À l'ancienne, y a que ça de vrai !

— Tu aimes bien écouter sa dernière blague et tu ne lui as pas rendu visite ?

— Désolé, c'était fermé.

Il s'éclaircit la voix d'un toussotement machinal.

— Et la crème hum, hum…

Réagissant au quart de tour, Lorraine se défendit :

— Dis tout de suite que je suis grosse !

Elle fit un tour sur elle-même comme pour prouver le contraire. De quoi animer la nuisette et réveiller le grand flic.

Landowski chercha à se confondre en excuses :

— Mais j'ai pas dit ça !

— Non mais tu l'as pensé ! C'est kif-kif, Commissaire ! N'essaie pas de te défiler !

— Je voulais juste dire que, la chantilly, c'est plus difficile à digérer le soir !

— Tu te rattrapes aux branches. Fais gaffe si ça casse ! Tu n'es plus tout jeune, tu sais !

— Tu te venges hein ?

— Ai-je l'habitude de laisser passer ? Non ? Eh bien, tu vois !

Landowski déplia le journal.

— Et môssieu préfère lire le journal. On aura tout vu !

— Mais c'est juste un article, ce ne sera pas long !

Lorraine soupira.

— Bonne nuit, si on ne se revoit pas !

Puis elle tourna les talons. Landowski entendit le grincement de la dernière marche avant le palier du premier étage puis la porte de la chambre qui s'ouvrait. Mais ne se refermait pas.

Il saisit le journal emprunté à son copain pilote et l'ouvrit pour chercher en pages intérieures l'article consacré à l'affaire annoncée en une. Une autre photo des lieux prise sous un autre angle servait d'iconographie à un article occupant une demi-page. D'abord il n'était fait mention que du lieu où le corps avait été retrouvé avec une phrase faisant référence à la préhistoire.

Ensuite, le journaliste entrait dans le vif du sujet, l'adjectif étant quand même « osé ». La personne retrouvée morte avait été rapidement identifiée. Il s'agissait d'une femme d'une soixantaine d'années, Marie-Claire Sédier, ancienne institutrice dans une école primaire d'Auray et établie depuis peu à Erdeven. Une nouvelle adresse qui pouvait avoir été dictée par un retour aux sources.

Landowski estima l'explication hâtive mais intéressante. Il continua sa lecture.

De gros problèmes de santé l'avaient éloignée de son poste pendant presque deux ans. Compte tenu des séquelles d'opération chirurgicale et de sa fatigue quasi permanente, elle avait été contrainte de quitter définitivement le corps enseignant, même si son poste avait été aménagé. La victime avait été mariée à un professeur des écoles originaire d'Arradon puis le couple s'était séparé. Il n'était pas fait mention d'enfants que le couple aurait pu avoir.

Les premières constatations avaient été effectuées sur place par un analyste criminel venu de Vannes avec le véhicule équipé pour ce genre d'enquête mais aucun élément n'avait été livré au journaliste, qui n'avait pu que se rabattre sur un cliché banal des lieux. D'ailleurs, l'accès à la scène de crime était interdit par des gendarmes postés derrière un ruban marquant la limite, et les éventuels badauds étaient maintenus à côté du bâtiment d'accueil du site.

Et Landowski de se poser la question : « Mais en fait, pourquoi parler de crime puisque l'on n'en savait absolument rien ? » tout en subodorant qu'il était tout de même sur la bonne piste.

Sur le corps de la personne décédée, les premières constatations n'avaient pas mis en évidence une quelconque blessure. Le visage n'était pas marqué ou tuméfié comme quand on reçoit des coups appuyés et répétés. Il ne montrait pas un masque de souffrance. Elle ne semblait pas non plus avoir été violentée. Pas de traces de sang, pas de désordre dans les vêtements ni de déchirure, pas de salissures ou de boue qui auraient pu indiquer un épisode *ante mortem* particulier.

De ce fait, le journaliste parlait déjà d'énigme. Avec le peu d'éléments connus, il ne pouvait pas en être autrement. Dans les affaires de mort suspecte, les investigations servent justement à faire la part entre l'accident, le suicide ou le crime. C'est ensuite que l'on requalifie. Ou que l'on nage dans le flou le plus total. Chaque chose en son temps.

En ce qui concernait l'heure de la mort, il était évoqué le passage d'un employé communal sur le coup de huit heures du matin. L'homme faisait le tour du site, vidait les poubelles, ramassait un papier, un mégot et jetait un œil un peu partout. C'est lui qui avait donné l'alerte en tombant en fin d'inspection sur le tableau macabre de cette femme ficelée au menhir.

Il s'était bien gardé de pénétrer dans l'enclos et de s'approcher, l'image étant déjà assez saisissante à plusieurs mètres. Très choqué par ce qu'on lui avait donné à voir au petit matin, il avait aussitôt prévenu les secours espérant que la femme n'était pas décédée puis, devant l'affirmative des gendarmes, il s'était terré dans son local technique attendant que l'on vienne prendre sa déposition.

Selon les premiers indices, le décès de l'ex-institutrice avait probablement eu lieu au lever du jour ou juste avant. L'humidité toute superficielle des vêtements, héritée de la rosée, accréditait cette thèse.

Sinon, le corps semblait comme suspendu aux liens ceinturant le menhir. Il s'était légèrement affaissé sur les tours de la cordelette. Le froncement de la blouse en attestait. Les jambes avaient été légèrement décalées par rapport à la pierre, comme pour assurer la station debout du corps. Le visage de la morte ne montrait aucun signe de peur. On aurait même pu dire qu'elle était apaisée puisqu'elle semblait endormie.

Le journaliste décrivait ensuite l'aspect vestimentaire de la personne décédée et s'étonnait de cet accoutrement vintage. La raison de tout cela devrait être recherchée.

La cause de la mort n'était pas établie à ce stade

de l'enquête et le rédacteur promettait au lecteur de lui faire part des résultats des investigations dans une prochaine édition.

Landowski reposa le journal replié sur le canapé puis il se massa les yeux lentement.

— Intéressant ! dit-il tout haut. Va falloir que tu t'occupes de ça, mon p'tit Lando ! L'inactivité est source de stress et de mélancolie ! Pas bon pour les neurones !

Il ricana comme s'il avait envie de s'affûter les crocs. Après tout, il était momentanément inactif mais ça pouvait durer le temps nécessaire à la découverte de la vérité. Il pouvait donc tenter de mettre son grain de sel dans cette affaire.

Qui peut-être n'en était pas une !

Demain, on apprendrait que Marie-Claire Sédier avait avalé des cachets pour en finir avec une vie de souffrance et de solitude, qu'elle s'était affublée de vêtements d'adolescente pour se souvenir de son enfance insouciante et belle.

Ou qu'elle avait joué avec le feu dans une scène ésotérique ayant mal tourné au petit matin. Les menhirs fascinent toujours autant et il suffirait d'un illuminé païen pour faire croire que l'on peut prétendre à une ascension céleste en direction d'Orion en s'attachant à l'aube à un menhir devenant fusée interstellaire sous l'influence d'esprits supérieurs !

Landowski était plutôt du genre pratico-pratique et il n'adhérait absolument pas à ces théories fumeuses. Seulement, il en admettait l'existence vu qu'il avait donné sur le sujet en enquêtant sur une secte du côté de Pont-Aven quelques années auparavant.

Et il se l'avoua, à lui-même et à personne d'autre, la seule conclusion positive à en retirer, c'était d'avoir rencontré Lorraine au cours de cette aventure.

D'ailleurs, Lorraine…

Encore cinq minutes et il se glisserait sous les draps à ses côtés.

Mais avant, mise en route de la machinerie policière !

— Salut, Ange, je te réveille ?

— Non, mais Lando, je ne m'endors pas comme les poules, moi ! J'ai du taf, moi ! Je ne me prélasse pas dans le canapé à regarder la mer défoncée au-delà de la baie vitrée en sirotant un truc sympa !

— Oh oh, t'es énervé ?

— Un peu, tu vois ! Je pensais progresser tranquillement vers un week-end pépère et voilà qu'on nous annonce un transfèrement demain samedi. Branle-bas assuré, tu penses ! Le patron sera là, il paraît !

— Du lourd ?

— Du très lourd. Ils seront entendus lundi matin.

— Et pourquoi toi ?

— Parce que parce que !

— Parce que t'as pas la petite dernière à déposer à la danse et l'aîné au foot. Tu aides les collègues, c'est bien. T'auras une médaille !

— Je crèche à Levallois. J'en avais marre de me taper les transports en commun. J'suis pas loin de la boîte maintenant. J'peux pas refuser, tu comprends.

— Faut prendre une bagnole du club avec gyro !

— Une fois ça passe et encore ! On te demande une explication écrite. Et je ne suis pas divisionnaire, moi !

— Et ensuite ?

— Une fois que le convoi sera passé, les gars feront leur job mais faut un fonctionnaire de permanence pour signer les décharges, enregistrer un PV de dépôt. Tu le sais bien ! Ensuite je prendrai la tangente.

— Pas si vite ! J'ai !

Il entendit un soupir.

— Oh non, Lando, tu ne vas pas remettre ça ! J'suis pas ton boy !

— Bien sûr que non, t'es mon pote ! C'est pas pareil !

— Et c'est quoi, ton embrouille, cette fois-ci ?

— Une affaire de menhirs !

— Tu veux m'en fourguer un, Obélix ?

— Il y a un cadavre ficelé avec !

— Ah oui, quand même !

— Une instit à la retraite. On l'a retrouvée morte à l'heure du petit-déj' !

— Si tu me branches, c'est que c'est plutôt un homicide !

— Personne ne sait encore. On ne marche plus au feeling ! Les TIC* de la gendarmerie sont sur le coup.

*Technicien en identification criminelle.

— Et pourquoi tu veux t'en occuper ?

— Je rentre de Corse. Je vais avoir quelques jours à glander. Tu sais, y a des trucs qui ne me caressent pas dans le sens du poil.

— Et il faut que tu meubles tes journées ennuyeuses, c'est ça ?

— Si je peux aider…

— Ta bourgeoise va pas aimer.

— Je gère. T'inquiète. Au fait, merci pour les tuyaux. J'en ai fait bon usage. Nos gars sur place en Corse n'ont plus qu'à dérouler. On verra finalement.

Landowski entendit rire à l'autre bout.

— Ange est toujours affûté ! Bon, tu m'en dis davantage ou j'attends de lire les journaux ?

— Écoute. J'te brosse le tableau. La nénette, elle était ficelée au menhir et fringuée comme une adolescente. Mais pas de maintenant, hein, avec pull rose et legging.

— N'oublie pas le sac à main et le portable !

— En blouse à carreaux et chaussettes blanches. Les pieds dans des socques !

— Mise en scène !

— OK, mais par qui ? Toute seule ou par quelqu'un d'autre ?

— Elle a le droit de s'habiller comme elle veut pour se foutre en l'air, non ? Y en a comme ça qui veulent laisser une image nostalgique !

— Elle ne s'est pas fait péter le caisson. Y a pas de sang. Rien !

— Elle a voulu faire propre. Les femmes qui décident d'en finir, c'est toujours comme ça ! Elles soignent la dernière image. Quand elles tuent, elles osent parfois davantage. Curieux.

— Et c'est qui qui ficelle le colis, si elle est toute seule ?

Ange temporisa, le temps de réfléchir à la question.

— Faut voir où est le nœud, dit-il. Forcément, s'il est placé derrière le menhir, y a un truc. Encore qu'elle ait très bien pu faire tourner la corde une fois la boucle serrée. C'est le geste qu'elles font, ça, quand elles mettent un sous-tif !

— Oh oh ! T'en sais des choses, toi ! Et tu constates qu'il y a matière !

— Tu vas y mettre le nez, je suppose ? T'es incorrigible !

— Lorraine est en Bretagne pour une semaine. Peut-être deux si elle n'a pas d'audiences. Elle va emporter du boulot mais j'ai l'intention de l'embaucher quand même ! Comme ça, elle prendra l'air !

— Je te signale que d'habitude c'est le magistrat qui mandate le flic. Pas l'inverse !

— C'est juste pour creuser un peu autour du fait divers. Si ça se trouve, ce sera bouclé en quelques jours ! J'ai tendance parfois à espérer un feuilleton et puis ça fait un flop !

— De toute façon, tu vas repartir pour la Corse un de ces quatre.

— T'as des échos ?

— Faudra un chevalier blanc à la fin !

— Pas de souci ! Qu'on me laisse malgré tout faire mon petit trafic par ici !

Il y eut un silence, comme si Landowski attendait l'accord de son camarade.

— Tu veux que je te dise oui, c'est ça ? demanda Ange.

Le commissaire fit un geste d'impuissance que son ami ne pouvait pas voir.

— D'ici, je n'ai pas facilement accès aux fichiers, expliqua-t-il, tu le sais bien. En plus, les faits se sont passés sur une zone gendarmerie. Je les ai déjà un peu bousculés dans le coin. Je me vois mal me pointer à la brigade et fouiller dans leurs affaires !

— Et pour moi, c'est nickel p'têt ?

— La DGSI fait autorité !

— Et on s'occuperait aussi des crimes passionnels et des règlements de compte entre voisins ? On a assez de boulot comme ça !

— Mais, des fois qu'il y aurait du terrorisme caché là-dessous !

— Sous les menhirs de Carnac ?

Landowski en convint.

— T'as raison, je pousse un peu…

— Ah !

— Mais tu vas quand même voir ça, hein ?

— T'es chiant, Lando. Tu sais ça ?

— Je sais !

— Tu me faxes les trucs que tu as et je regarde. Mais je te préviens, s'il fait beau, je laisse ton affaire sur le coin du bureau et je file en forêt.

— Biche, oh ma biche, lorsque tu…

— Je t'appelle demain. Salut !

Ange venait de mettre fin à la conversation. Peut-être un peu brutalement, se dit Landowski. Mais c'était aussi un jeu habituel entre eux.

Le policier rédigea une courte note à laquelle il joignit les coupures de journaux puis il faxa le tout. Après un dernier regard en direction de la mer devenue toute noire, il éteignit les lampes du salon puis il laissa ses chaussures dans l'entrée et monta l'escalier sans allumer.

La porte de la chambre était entrouverte. Il entra, se déshabilla sans faire de bruit puis il se glissa sous le drap. Il se colla contre Lorraine, qui se retourna lentement.

— Dis, Lorraine, ça te dirait pas d'aller faire un tour à Carnac dimanche ?

IV

— Elle n'a pas cherché bien loin, dis donc !

Lorraine s'était placée face au soleil et elle regardait les alignements de Kermario filer à perte de vue vers le fond du décor.

Landowski fronça les sourcils.

— De quoi ? demanda-t-il.

— Tu viens de me dire que c'est contre ce premier menhir qu'on a retrouvé Marie-Claire Sédier ficelée façon rôti !

La magistrate en vacances désigna le premier mégalithe érigé à l'angle de l'enclos de métal peint en vert commençant en lisière du parking.

— C'est tout à fait exact, Madame le juge !

— Je veux dire qu'elle ne s'est pas foulée pour faire son choix. Elle aurait pu parcourir le site et en choisir un autre correspondant davantage à son projet morbide !

— Certainement !

— Alors pourquoi celui-là ?

Landowski haussa les épaules puis il dit :

— Pourquoi aller chercher plus loin ce qu'elle avait à proximité ? Un menhir, c'est un menhir. Juste un problème pratique. Suffisait que la corde soit assez longue pour en faire le tour, c'est tout !

Lorraine secoua la tête pour marquer son désaccord.

— Quand on a décidé de composer une mise en scène aussi particulière, on soigne le décor, non ?

— Si tu veux…

— On peut donc en déduire que ce n'est pas par pur hasard !

— Elle avait peut-être une relation particulière avec ce menhir. Le souvenir d'une rencontre. Un anniversaire. Une cérémonie druidique ! Peut-être qu'on arrivera à le savoir…

— Ce qui accrédite le fait qu'il y a davantage à trouver qu'un tirage aléatoire !

Le flic se racla la gorge et répondit :

— Si c'est elle qui a décidé que ça se passerait là…

— Bien sûr.

— Mais si elle s'est attachée elle-même, l'opération n'a pas dû être très facile. Et puis question utilité…

— Elle a choisi le cordage, vérifié la longueur et peut-être même répété la scène, dit Lorraine, entrant vraiment dans le sujet. Elle enroule la corde autour de la pierre, elle la relève sur elle jusqu'à la positionner à sa ceinture, serre fort et…

— Et quoi ? Elle joue la fille du désert enlevée par les Peaux-Rouges ? Elle attend la mort qui va venir au petit jour ? Comme ça, d'un coup ?

— Mais non ! Suis, un peu ! Elle a pris un médicament avant de venir ou elle s'administre l'ultime dose, la tête appuyée contre le menhir !

— Un bouillon de onze heures paré pour midi ?

Lorraine ouvrit de grands yeux.

— Méthode d'empoisonnement ! Je la dois à Jim, celle-là ! Et lui à sa grand-mère, si je me souviens bien !

Se moquait-il d'elle, le grand policier ? Elle soupira puis reprit le fil de sa théorie.

— Ensuite elle laisse retomber les bras le long du corps et elle attend que le produit fasse son œuvre. Une séquence coma puis elle passe en douceur l'arme à gauche. Donc le corps ne se tient plus. Elle s'affaisse mais les liens la retiennent. Il y a juste sa tête qui bascule vers l'épaule et c'est fini. Elle est arrivée à afficher la dernière image qu'elle voulait laisser d'elle. Une souffrance puis une libération choisie.

— Donc pour toi, c'est un suicide ?

Lorraine haussa les épaules.

— Je n'ai pas dit ça ! C'est juste une lecture qu'on peut avoir en attendant le résultat des analyses ! Faut prendre en compte le costume. Il n'a rien à voir avec ce que l'on met aujourd'hui. Il y a donc un message. Un retour à l'enfance, la nostalgie d'une époque motivant le rejet de celle-ci ! Une image à laisser !

— Et le médoc ?

— Des cachets !

— Gardés dans la main le temps de…

— Dans la poche…

— Pas de poches dans la robe !

— Dans la main, alors !

— Le temps de l'installation et du saucissonnage ? Bonjour la bouillie !

— Mais je ne sais pas, moi ! Quand on veut en finir et ne pas laisser la moindre explication, on innove ! Sinon on laisse une lettre à côté du flingue, du couteau, de la seringue ou je ne sais quoi capable de donner la mort !

— C'est se donner bien du mal !

— C'est gagné si elle voulait justement en faire une énigme. Envoyer un message !

— Toujours suicide ?

— Tu vois autre chose ?

— Pour l'instant, chuis pas fan ! Mais tu as sans doute raison !

— Alors on plie et on n'en parle plus !

— Mais…

— Y a quoi qui te gêne ?

— Rien ne dit qu'on ne l'a pas ficelée !

— Une aide extérieure, tu veux dire ? Un bourreau bénévole, altruiste jusque dans la mort organisée d'un être cher ?

— Ou pas !

— Sans crier, sans se débattre dans un sursaut ultime ?

— J'ai toujours été fasciné par la docilité des condamnés sur le lieu de leur supplice. Tu les vois marcher jusqu'au mur, jusqu'au poteau, se laisser passer la corde au cou, se mettre à genoux. Attendre ensuite la balle qui tue ou la trappe qui s'ouvre.

— Tu voudrais qu'ils fassent quoi ?

— Qu'ils hurlent, se roulent par terre, tentent de fuir…

— Ce serait donner de l'importance et du plaisir aux bourreaux ! Les victimes choisissent de mourir avec dignité !

— Mais la peur, Lorraine, la peur !

— Ils sont dans un état second. Déjà morts peut-être…

— Cette femme se serait habillée à l'ancienne, aurait ensuite accepté de venir jusqu'ici en voiture avec quelqu'un, d'en descendre, de marcher vers le grillage, de l'enjamber puis de se positionner contre le premier menhir du champ et d'attendre qu'on la ficelle soigneusement ?

— Mais si c'était son vœu le plus cher !

— Un suicide assisté ? C'est monstrueux !

— Elle sollicite un ami, un conjoint, un amant serviable…

— Pour monter ce tableau macabre ?

— … qui doit avoir une explication !

— Et elle trouve un quidam qui devient un assassin bénévole pour satisfaire le projet morbide de Madame ? Je le crois pas, ça. Si on arrive à l'identifier, il sera reconnu coupable d'un meurtre. Rien à voir avec un service compassionnel !

— Elle avait une maladie incurable. Elle n'avait plus la force de vivre. Elle aimait les menhirs, la préhistoire, les sociétés secrètes, l'ésotérisme... Elle a voulu que ça se passe à cet endroit, au petit matin, dans le calme et la sérénité, en regardant le soleil se lever. Voilà !

Landowski grimaça.

— Du roman, Lorraine, du roman !

— Cette femme a été docile jusqu'au bout. Ses vêtements n'ont pas été froissés, ni déchirés, ni salis. Son visage n'exprime aucune souffrance, t'es d'accord ?

— Bien obligé ! La photo faxée par Ange montre exactement ce que tu dis !

— Si on l'avait traînée, inconsciente, le tableau ne serait pas celui-là ! Si on l'avait emmenée de force, il y aurait des traces ! Et puis comment la plaquer contre la pierre ? Inanimée, tu vois le tableau. Le corps ne se tient pas tout seul. Prisonnière, elle ne se serait pas laissé faire ! Donc bâillon, des baffes, des coups.

— Une arme fait se tenir admirablement tranquille ! objecta Landowski.

Réaction immédiate de Lorraine.

— Une main pour l'arme et l'autre pour la corde ?

— Faisable !

— Même sans tenter de fuir ?

— Elle a pu essayer !

— Taratata ! Pour aller où ? Pour que le plan marche à merveille, le lieu devait être complètement désert. Dans la pénombre même, si ça se trouve ! Et puis on l'aurait ramenée en la tirant par le poignet ! Non, non. Il y aurait des éléments à nous le démontrer !

Lorraine serra le col de son trois-quarts puis elle mit un point final à sa démonstration.

— Seule ou accompagnée, elle a choisi délibérément son destin !

— Peut-être…

— Donc mon explication reste plausible, Commissaire ?

— Elle l'est… pour l'instant !

Landowski enfonça les mains dans les poches de son blouson. Attitude qu'il affectionnait. Il n'aimait pas perdre pied. Surtout pas devant Lorraine.

— Attendons les infos, dit-il. Ange va m'appeler vers midi. En fonction de ce qu'il va dire, on y verra peut-être plus clair.

Lorraine se redressa fièrement.

— Et si j'ai raison, tu en conviendras ?

Le policier eut un rictus nerveux.

— Je ne contesterai pas. Tu as autant que moi l'habitude des affaires criminelles.

— Mais tu espères quand même que je me trompe, hein !

— Chacun joue sa carte, Lorraine. Des fois, on gagne, des fois, on perd !

— Sauf que tu ne supportes pas de perdre, voilà le hic !

— Dans mon métier, ça s'appelle une qualité ! En plus, je ne peux pas croire qu'on finisse par retomber dans une affaire comme toutes les autres !

— Quand même, Lando ! Un crime par procuration, ce n'est pas si commun !

— Le mode opératoire peut paraître spécial mais la finalité reste identique. Et elle n'est malheureusement pas originale !

— Et puis c'est bien toi qui m'as invitée sur la scène de crime. Faut pas regretter maintenant que je donne mon avis ! Moi, je ne demandais qu'à passer un joli petit week-end tranquille avec l'homme que j'aime !

Lorraine sourit. Juste de quoi faire fondre en douceur la carapace glacée de son compagnon.

— Tu as raison, admit-il. Mais…

— Tsss, il n'y a pas de mais ! Nous verrons plus tard. S'il y a matière, tu pourras t'immiscer ! Moi, je me ferai une remise en forme du tonnerre ! Mais là, le temps passe. Je me suis levée de bonne heure pour ramer hier. Rebelote ce dimanche. J'aurais préféré traînasser sous la couette en attendant que tu me serves un petit-déjeuner au lit. Disons que tu n'y as pas pensé.

— Mais on avait dit…

— … qu'on partait visiter Carnac ? Oui ! Sauf qu'on pouvait attendre un peu, partir plus tard. Je ne sais pas, moi !

— Fallait que je voie les lieux à peu près au moment où les faits se sont déroulés pour me faire une opinion.

— Sept ou dix heures du matin, en cette saison, y a pas une si grande différence !

— Question de perception initiale…

— Mais tu n'es pas chargé de l'enquête ! Pour l'instant, ce n'est qu'un fait divers qui ne mérite peut-être pas de rameuter le ban et l'arrière-ban de la police française en plein week-end !

— Mais si, mais si ! Une femme est morte, Lorraine ! Elle a le droit qu'on s'intéresse encore à elle.

— Si elle a voulu mourir, tu n'es plus en mesure de l'en dissuader.

— Mais si on l'a tuée, je veux le savoir.

Lorraine soupira.

— En attendant, j'aimerais bien aller faire un tour en bord de mer et déguster quelques huîtres en regardant les bateaux. Tiens, à Quiberon par exemple !

— Mais j'ai loué un appart ici, face aux salines pour que tu fasses un peu de thalasso !

— Je le sais, mais rien n'empêche ! Le dimanche, on va se promener ailleurs en famille. Tu me ramènes ce soir ici et demain tu continueras ta petite enquête pendant que je me prélasserai dans un bain de boue verdâtre.

— Beurk !

— C'est excellent pour la peau. Tu devrais essayer !

— Euh non !

— J'ose quand même indiquer pour ton biographe qu'il ne serait pas superflu que l'un des plus grands flics de France accepte une fois dans sa vie de se faire un forfait quatre soins !

— C'est une invitation ?

— Une prescription, je dirais plutôt !

— J'en ai besoin tant que ça ?

— J'ai juste envie d'un compagnon en forme que les copines me jalousent et que je me sente super-fière !

Elle se mit en rire en courant vers la voiture.

— Allez, Lando, petite foulée très souple !

Ils rejoignirent leur véhicule garé sur le parking situé le long de la forêt.

Pour atteindre Plouharnel, la commune fermant la presqu'île, ce fut rapidement emballé. Rien à voir avec les files de voitures se suivant comme des fourmis au plus fort de l'été sur le même parcours. Ça se gâta sur la route traversant la presqu'île. Pas le choix.

Ensuite, le couple abandonna la voiture dans une rue déserte face au terrain de foot et préféra la marche pour descendre tranquillement vers la mer.

Tout en bas, Lorraine s'arrêta devant la vitrine d'un magasin de vêtements. Puis elle y entraîna Landowski, qui freina des quatre fers comme un animal pressentant sa fin prochaine. Une fois à l'intérieur, Lorraine le planta du côté des fringues pour homme. Le commissaire fit mine de s'intéresser à un pull en cachemire puis à une chemise colorée qu'il se dépêcha de reposer sur le présentoir quand il vit l'employée s'approcher. Ensuite il tira quelques bords, arborant un détachement très masculin pour ces choses si futiles.

Lorraine avait disparu dans le fond du magasin. Il en profita pour rejoindre le trottoir où il patienta en regardant la place Hoche, du nom du général dont il n'appréciait guère les faits d'armes.

Après quelques minutes à patienter, la magistrate en vacances lui tapa dans le dos. Il se retourna.

— J'ai acheté deux chemisiers ! dit-elle tout sourire en brandissant un grand sac en plastique blanc.

— Ah.

— C'est tout ce que ça te fait ?

— C'est sûrement bien mais ce n'est pas moi qui vais les porter, j'imagine.

— Donc, je t'ai acheté quelque chose aussi !

— Des fringues, y en a plein le dressing. À Paris comme à Trévignon !

— J'ai pris la chemise et le pull. Je t'ai vu les regarder et les toucher. J'ai donc pensé qu'ils te plaisaient !

Landowski parut surpris et satisfait de cette attention mais sans effusion exagérée. Faut pas non plus…

— Tu pourras les mettre cette semaine. Pour un restau, une sortie. Je suis certaine que tu vas être super avec ça !

Il n'en était pas forcément persuadé mais puisque c'était Lorraine qui l'affirmait…

Ils marchèrent jusqu'au bout de la place, à l'endroit où il n'y a plus que la mer en face puis ils allèrent assez naturellement s'asseoir en terrasse dans un restaurant qu'ils avaient fréquenté à chaque fois qu'ils étaient venus en presqu'île.

Landowski choisit une table éloignée de l'entrée de l'établissement en laissant un emplacement de libre pour préserver un peu d'intimité. Ange allait l'appeler pour le tenir au courant de ses recherches. Lorraine commanda des huîtres en entrée et un poisson cuisiné en plat principal. Landowski choisit la même chose.

— Tu ne prends pas des frites avec une bonne grosse bavette ? s'étonna Lorraine.

Le flic réagit aussitôt.

— Je ne mange pas toujours des frites !

— Ah bon ? Je disais ça…

— Un peu de glaçons, en attendant ?

— Si tu veux. Il faut que j'aille aux toilettes. Choisis. Je prendrai comme toi.

En se levant, elle bouscula le sac renfermant les vêtements.

— M…

— Quand même, Madame le juge ! railla Landowski, un minimum de correction !

Elle soupira et secoua la tête en s'éloignant. Landowski se plongea dans la lecture détaillée de la carte. Un son très fort de corne de bateau lui fit lever la tête. Un navire à passagers revenant de Belle-Île annonçait son entrée au port.

Puis le portable de Landowski vibra.

— Landowski.

Toujours laconique, cette prise d'appel.

— Salut, Lando, c'est Ange !

— Tu les as enchristés, tes touristes ?

— Y a juste un quart d'heure. Sont au frais au sous-sol. Les gars du RAID sont déjà à la cantoche. Mangent à l'heure, eux !

— Je suis justement en terrasse face à la mer ! Je t'invite !

— T'es vache, Lando ! Lorraine est pas là ?

— Elle s'est absentée…

— Ah oui, je vois.

— Sinon ?

— J'ai des infos sur cette Marie-Claire Sédier.

— Pas décédée de mort naturelle, rassure-moi !

— Vu l'endroit où on l'a retrouvée, ce serait un peu tiré par les cheveux.

— Suicide ?

— On aurait pu y croire. Je vais te dire pourquoi.

— Donc meurtre !

— Ben…

— On l'a tuée, la miss, ou pas ?

— Peut-être pas complètement contre sa volonté ou alors, à la toute fin, par surprise. C'est pas tranché.

— Lorraine y avait pensé !

— Les grands esprits…

— Oh ça va, hein !

— Je prends par le début. Je sais que tu adores ça !

— Vas-y, mes huîtres vont refroidir !

— Refroidir ?

— Marche !

— D'abord, l'heure de la mort. Serait survenue sur le coup de sept heures, sept heures trente *ante meridiem.*

— Pas huit heures ! L'agent d'entretien aurait vu quelque chose.

— Marie-Claire a pris du café et un croissant avant de faire sa dernière balade. Facile donc de déterminer la plage horaire. Courte en plus au vu des aliments absorbés.

— Agonie ?

— Coma. Une minute. Peut-être deux, selon le légiste.

— Violent ?

— Non. Départ en douceur.

— Comment ?

— Une piqûre dans l'artère carotide primitive gauche. C'est dans le cou.

— Faut savoir où ça se trouve précisément pour piquer, je suppose.

— Suffit de regarder un écorché du corps humain.

— Et d'être doué à l'arbalète, non ? Sinon, c'est quoi, comme saloperie ?

— Du poison.

— Le légiste a précisé ?

— Il a écrit « composé liquide de substances toxiques d'origine animale notamment injecté à dose létale ».

— On a retrouvé la seringue sur place ?

— Le procès-verbal ne fait état d'aucun objet récupéré. Ni sur la victime ni sur les lieux. Ils ont ratissé large d'après le PV.

— Donc nous sommes en présence d'un meurtre.

— Assassinat, Commissaire !

— Tu as raison, Ange ! La préméditation peut être recherchée dans la mesure où on ne se balade pas naturellement dans la nature avec une seringue remplie de poison mortel.

— C'est pour ça que j'ai tiqué tout à l'heure…

— Merci.

— De quoi ?

— Ce n'est pas à toi que je parle ! Je dis merci au serveur qui vient d'apporter les huîtres !

— Dis, Lando, c'est quand même la classe d'enquêter sur un crime tout en dégustant des fruits de mer en terrasse !

— Faut être divisionnaire pour ça, mon p'tit père !

— Oui. Tout à l'heure, quand tu m'as parlé de suicide, j'ai un peu hésité.

— J'ai Ange au téléphone !

— Là, je comprends que Lorraine a repris sa place auprès de son flic préféré !

— C'est ça.

Lorraine mima un baiser.

— Elle t'embrasse, Ange !

— Moi aussi. Y a un truc qui me chiffonne. La nénette se laisse ficeler au caillou mais ses bras sont libres. Si elle n'était pas d'accord, elle aurait donc pu empêcher le geste fatal. Tout au moins, repousser la seringue donc avoir des marques sur les mains, une égratignure peut-être, une tache de produit sur la blouse. Tu vois ?

— Très bien. Commence à manger, Lorraine. Ne m'attends pas.

— Eh, Lando, si je dérange, tu me dis !

— Continue.

— Il n'y a qu'un petit trou d'aiguille pour situer l'injection. Donc pas de résistance démontrée de la victime. L'administrateur a pu agir tranquillement. Elle était consciente. Elle avait donc compris ce qui était en train de se passer pour elle. D'où mon idée de départ qui me fait penser qu'elle acceptait l'exécution. Voire qu'elle l'avait elle-même demandée. Ce qui nous donne un paquet de gros grains à moudre ! La frontière entre les deux attitudes est à rechercher.

Il y eut un court silence puis Ange reprit :

— Déguste hein ! T'en fais pas pour moi si je suis en train de sauter un repas pour ta pomme !

— Mais je t'écoute, Ange ! C'est très intéressant !

— Te fous pas de moi non plus, hein, sinon je te plante là !

— Ce ne sera pas un supplice trop lourd à supporter ! Je déjeune en terrasse, face à la mer et…

— En compagnie d'une jolie femme !

— J'allais le dire !

Landowski trinqua avec Lorraine et but une gorgée d'apéritif.

— Bois frais surtout ! dit Ange, qui avait dû entendre le tintement des verres.

— Jaloux ! Sinon tu as quoi, en magasin ?

— Ils ont trouvé un ADN sur la cordelette mais ce n'est pas celui de Marie-Claire Sédier. Celui de l'accompagnateur meurtrier probablement. Il a bien fallu qu'il manipule la ficelle.

— Identifié ?

— Trop tôt pour le savoir.

— Sinon ?

— Question costume, la section de recherches a trouvé des trucs pour les fringues qu'elle porte. Le chapeau date de l'après-guerre et il a été fait dans un vrai feutre de chapelier, un tissu cher mais la bande de maintien qu'on aurait dû trouver à l'intérieur n'y est pas. Le nom de l'artisan aurait été marqué dessus. Hasard ou indice ? On verra plus tard. Pour la robe, la blouse ou le sarrau, je ne sais pas comment l'appeler, les femmes en portaient dans les années soixante. Les socques, pareil. Les trois articles sont anciens et de la même époque en gros. Il n'y a que les bas blancs qui soient contemporains.

Lorraine faisait des signes pour que Landowski mette un terme à la conversation. De sa main libre, il tentait de la calmer.

— Pour la robe, y a un truc bizarre. Elle a été rapiécée dans le dos pour l'élargir sur toute la hauteur. Comme si la personne qui allait la porter n'avait plus le même gabarit.

— Donc le tissu est de deux époques, c'est ça ?

— Exactement. On dirait un déguisement !

— Et la médaille de Sainte-Anne d'Auray ?

— Les boutiques de souvenirs en vendaient des quantités à l'époque des fringues. Peut-être encore aujourd'hui. La chaîne n'est pas d'origine. Seulement la médaille.

Un couple de retraités s'installa à la table vacante juste à côté de Lorraine. Échange de petits signes de tête pour se saluer.

— Le meilleur est à venir ! continua Ange.

Landowski se tourna un peu plus en direction de la mer pour parler sans trop déranger.

— Et c'est quoi ?

— La culotte de la dame…

— La culotte ? demanda Landowski sans se rendre compte du regard du couple se retournant dans sa direction.

— Le slip, quoi !

— Je sais ce que c'est qu'un slip !

Froncements de sourcils à la table d'à côté.

— Eh ben, elle n'en portait pas ! Ou plus !

— Pas de slip ? Hum…

Salve de regards réprobateurs.

— Pourquoi tu dis ça ? demanda Landowski.

— Au printemps, il ne fait pas chaud le matin. Juste une robe, c'est un peu léger.

— Et tu en conclus ?

— Rien pour l'instant !

— Mais ça pose question.

— D'autant que la victime avait eu un rapport récent.

— Sexuel ?

Cette fois, la mamie dodelina de la tête. Déjeuner auprès d'un dépravé racontant ses frasques au téléphone, c'était fort de café. Le couple se leva et choisit d'émigrer vers une table encore libre à l'autre extrémité de la terrasse.

Lorraine se mit à rire. Tout à son sujet, Landowski ne s'était rendu compte de rien.

— Plutôt récent selon les analyses ! ajouta Ange. Le jour d'avant, la nuit, le matin. Difficile de préciser. Les enquêteurs ont pu identifier les traces d'un lubrifiant pour préservatifs. Rien d'autre !

— Doit bien y avoir un reste d'ADN quand même !

— Eh non, Commissaire ! Rien de chez rien…

Landowski prit congé de son collègue comme à regret.

— Alors, demanda Lorraine, c'est quoi finalement cette affaire ?

Il la regarda presque sans la voir.

— Je n'en sais rien, dit-il. Rien du tout.

De loin, la mamie outrée par ses propos l'observait du coin de l'œil. Son mari, lui, avait sérieusement attaqué le plat du jour.

V

Pol Darevi était planté devant le grand miroir de sa salle de bains. Il n'allumait que rarement la barre d'éclairage fixée juste au-dessus. Il détestait se voir de si près. Les spots encastrés dans le plafond lui suffisaient amplement. En plus, ce matin, il évitait de se regarder en face et de croiser son propre regard. Après le SMS qu'il venait de recevoir sur son téléphone portable en plein petit-déjeuner, il n'en avait pas vraiment la force. Ces quelques mots sur fond jaune ne pouvaient pas être de bon augure.

Pol Darevi, Pol par coquetterie pour capter une belle clientèle. Avocat des affaires où il y avait de l'argent à se faire. Belle maison du côté de la pointe de Karek Ségal. Épouse superbe, facilement dépensière. Un peu spéciale, parfois. Infidèle selon les saisons.

Elle ne serait certainement pas restée avec lui s'il n'avait pu lui assurer une belle aisance financière. D'ailleurs, elle ne l'avait épousé que pour rester sur le haut du panier et pérenniser la position acquise par sa famille. Darevi n'avait pas été dupe. Pas un seul instant, il n'avait cru qu'il faisait un mariage d'amour. Beau-papa était déjà dans la profession, alors…

Deux enfants, l'une partie en Amazonie pour étudier une peuplade primitive, l'autre créant des musiques farfelues pour des festivals qui ne l'étaient pas moins. Comme si leur progéniture avait résolument décidé de tourner le dos aux marottes familiales.

Trois employées de maison : une cuisinière discrète, une gouvernante expérimentée et une femme de chambre dont le qualificatif collait parfaitement à son physique. Un cabinet qui tournait tout seul. Trésorerie à l'avenant. Fermez le ban !

Ce matin, alors qu'il fumait déjà devant son bol de café, son portable posé devant lui comme un outil vital avait grésillé sur la table en verre. Sa femme avait levé la tête. Il ne s'était pas précipité, faisant mine de penser qu'on le solliciterait encore s'il ne daignait pas répondre.

En identifiant l'appelant d'un coup d'œil, il avait aussitôt froncé les sourcils. Il y avait longtemps qu'il n'avait pas reçu de message de Marie-Claire. Depuis qu'il ne l'avait rappelée que le lendemain, elle avait pris ses distances.

Il en avait eu un peu marre de jouer à l'écoutant de service et de l'entendre étaler son mal-être dans un monologue interminable où elle ne faisait que ressasser ses actes manqués.

Mais là, le moment était surréaliste. Il y avait plusieurs jours déjà que Marie-Claire avait été retrouvée morte, ficelée à l'un des célèbres menhirs de Carnac. Il en avait même la gorge serrée en regardant le message qui semblait venir d'un nuage passant dans le ciel.

Il avait déjà remarqué, et s'en était parfois satisfait, que les ondes ne passaient pas bien dans le coin où habitait Marie-Claire. En toute bordure de mer, il pouvait y avoir comme une sorte de trou dans la couverture téléphonique. Un déplacement physique de l'appareil aurait-il pu le conduire à renvoyer un message gardé en attente ? Déplacé par qui ? Il ne connaissait rien à l'électronique et toute explication que l'on aurait pu lui vendre l'aurait satisfait.

Une machination de l'assassin ?

C'était le contenu qui l'avait déstabilisé quand il en avait pris connaissance devant le miroir de la salle de bains, il y avait quelques minutes à peine.

Le message de Marie-Claire disait :

« — Pol, je sais des choses et je ne peux plus les garder pour moi. Rejoins-moi demain sur le parking de Kermario. Huit heures. S'il m'arrive quelque chose, Jeannot te dira tout. »

Et justement, il était arrivé quelque chose que l'on appelait communément un meurtre !

Il venait de contacter Jeannot, leur ami commun, et le rendez-vous avait été fixé sur la Grande Plage une demi-heure plus tard, ce matin même.

Au bord de l'eau, avait précisé son correspondant. Ce qui semblait vouloir dire que la discrétion était de mise. Il n'était pas pressé de l'entendre ni de le rencontrer mais il devait en passer par là. Les élucubrations posthumes de Marie-Claire ne l'intéressaient pas vraiment. Sauf si elle avait eu l'outrecuidance de l'accuser de l'avoir tuée !

— Fabienne ! Fabienne !

Sa femme le rejoignit dans la salle de bains.

— Qu'est-ce qui t'arrive ?

— Mais rien !

— Il y a au moins dix ans que tu ne m'as pas appelée comme ça. J'ai cru que tu t'étais blessé !

— Je vais prendre ta voiture ce matin.

— Ah bon mais…

— Je te laisse la Jaguar.

— Elle est trop grande. Je n'arrive pas à me garer !

— Je t'emprunte la tienne une heure ou deux.

— Mais…

— Ne pose pas de questions. J'ai quelqu'un à voir pour une affaire importante et je n'ai pas envie qu'on reconnaisse ma voiture, ça te satisfait comme explication ?

— Bon, bon. Ne t'énerve pas. Je disais…

— Ne dis rien. Les clés sont où ?

— Dans la voiture.

— Je t'ai pourtant dit cent fois de ne pas les laisser au tableau de bord !

— Elle est dans le garage fermé ! De quoi tu…

— De rien. Laisse tomber, tu veux !

Pol Darevi quitta la salle de bains, s'habilla rapidement dans le dressing et dévala les escaliers. Il fila directement au sous-sol. Son épouse, revenue sur le palier de l'étage n'avait encore rien compris au film.

L'avocat remonta le boulevard de Légenèse puis il embouqua le boulevard de la Plage à petite vitesse. Le lieu exact du rendez-vous n'avait pas été précisé. Après deux cents mètres de maraude, il se gara sur la droite, derrière le seul véhicule qu'il avait vu en stationnement. Il sortit de la petite voiture de sa femme puis il monta sur le terre-plein et regarda en direction de la mer. Il remarqua aussitôt un homme immobile au ras de l'eau et qui tournait le dos à l'océan. Curieuse attitude rarement rencontrée sur la plage puisque l'on regarde habituellement l'horizon.

Pol Darevi descendit sur la plage et marcha vers la silhouette qui ne bougeait pas et qui le regardait approcher. C'est à ce moment-là qu'il remarqua que l'homme était en combinaison de néoprène.

— Salut, Pol ! Je suis venu par la mer pour plus de précautions. Enlève tes chaussures, tes chaussettes. Remonte un peu ton pantalon et viens prendre un bain de pieds !

— Parce que ?

— Il y a des gens qui se promènent au bord de l'eau. On s'écarte de quelques mètres du bord et on est tranquilles. Tu ne mouilleras pas ton pantalon. Elle est basse !

L'avocat soupira. Il stressait un max. On jouait à quoi, là ? Cette mascarade commençait à le gonfler. Il s'exécuta cependant et rejoignit l'homme dans l'eau.

— Elle est froide, dit-il.

— Comme Marie-Claire…

Ça commençait bien. Pol Darevi ricana.

— Elle m'a laissé un message posthume, dit-il.

— Elle m'avait informé. Pour le message et ce qu'il y a dedans.

— Et c'est quoi, ces conneries qu'elle savait des trucs ! Sur qui, sur quoi ! Tu sais, toi ?

— Ne te fâche pas !

— Je n'aime pas ce petit jeu.

— Moi non plus !

— Alors on fait quoi ?

— C'est peut-être un piège !

— Pour qu'on nous trouve là ensemble et qu'on nous accuse de meurtre !

— On se barre, le mieux ! décida le dénommé Jeannot.

Les deux hommes sortirent de l'eau et remontèrent rapidement en direction de la voiture de Fabienne. L'avocat ouvrit la porte côté passager puis s'assit pour remettre ses chaussettes et ses chaussures qu'il tenait à la main depuis le bord de mer.

— C'est fou, ce truc ! dit-il visiblement inquiet.

— Regarde là-bas ! dit l'autre homme tout à coup.

Darevi tourna la tête en direction de mer.

— Mais qu'est-ce…

— Chut, chut ! Baisse la tête ! Quelqu'un vient !

Le dénommé Jeannot pencha Darevi vers le tableau de bord et, aussitôt, le piqua au cou d'un geste très vif. Il tint l'avocat dans la position quelques secondes.

— T'es fou, dit Darevi, la voix hésitante. Tu me tues…

Pol étant moribond, l'agresseur referma la portière puis il fit le tour de la voiture pour s'installer lui-même au volant. L'action s'était déroulée très rapidement sans que le moindre promeneur ou joggeur se soit pointé dans le secteur.

La voiture démarra et traversa l'avenue pour descendre vers celle des Druides.

Plus loin, le véhicule tourna à gauche pour retrouver le rond-point et il reprit la direction de la mer. Pas longtemps. La voiture rasa la limite des salines puis monta sur le trottoir et mordit la bande herbeuse. Le conducteur se pencha côté passager, ouvrit la porte, poussa violemment le corps de l'avocat de la main et du pied hors de la voiture puis il démarra en trombe alors qu'un camion de livraison klaxonnait derrière.

Le corps sans vie de Pol Darevi hésita une seconde ou deux sur l'herbe puis bascula dans l'eau stagnante.

VI

Il y avait une demi-heure à peine que Landowski venait de revenir d'un petit jogging effectué sans forcer vers Saint-Colomban. En rentrant, il s'était débarrassé de ses tennis blanches offertes par Lorraine pour l'occasion. Elle avait pensé qu'elles iraient bien avec son nouveau pull. Il la soupçonnait de vouloir faire de lui un quadra hâlé à grande mèche rebelle sur le front et portant négligemment son petit pull de couleur sur les épaules. Pour ne pas la décevoir, il avait abdiqué en bon prince consort.

La baie vitrée de l'appartement occupé depuis dimanche par Lorraine et Landowski donnait sur les anciennes salines du Bréno. La vue n'était pas directe comme celle des chambres de la thalasso située plus loin vers la mer mais elle permettait quand même de porter le regard vers le bourg niché dans le fond du décor.

Pour le moment, le policier était en train d'errer dans la location puisque Lorraine batifolait dans son bain d'algues broyées à quelques encablures. Il avait intérêt à lui trouver une mine resplendissante à son retour pour ne pas plomber la fin de matinée.

En quelques pas, il arrivait rapidement à toucher

les murs sans pouvoir les franchir, comme un passe muraille. De ce fait, il faisait demi-tour.

Il se sentait un peu à l'étroit dans cet appartement. Ce qu'il appréciait particulièrement dans la maison que Lorraine avait achetée en bord de mer face aux îles Glénan, c'était les grands volumes ouverts permettant de réciter sa leçon de choses sans se heurter à des parois infranchissables.

Au moment de l'agencement intérieur, il y avait mis son grain de sel en bannissant d'entrée les doubles portes de séparation qui allaient forcément rester ouvertes la plupart du temps.

Option toute personnelle qui n'avait pas été facilement acceptée par la propriétaire qui avait une certaine conception des lieux où elle avait décidé de passer ses week-ends et ses vacances en attendant que l'État décide de se priver, un jour, de ses éminents services.

Il y avait eu du tirage parfois dans le couple puis les choses s'étaient calmées d'elles-mêmes parce que les tempêtes n'ont pas vocation à être éternelles. On avait donc décidé de laisser les portes en place mais on ne les avait plus refermées.

Le commissaire divisionnaire Landowski réfléchissait davantage en marchant un peu. La position statique lui vidait trop rapidement l'esprit et l'empêchait d'empiler correctement les pièces du puzzle pour parvenir à une explication acceptable. Cette réaction physique provenait de sa pratique journalière de la méditation. Il n'en doutait pas.

Lors d'un séjour à l'île Maurice, il avait fréquenté un temple bouddhiste à plusieurs reprises et, en conversant plusieurs fois avec le gardien du lieu, il avait découvert les bienfaits d'une courte méditation journalière, reclassant dans son esprit, en y faisant le ménage, les préoccupations terre à terre des enquêtes policières en cours. Il y avait identifié un retour à l'essentiel dont il se servait couramment depuis lors. La lecture de quelques maîtres tibétains durant les longues heures de voyage aérien du retour lui avait appris les principes de la méthode et il ne se lassait pas depuis de l'expérimenter dans des périodes difficiles.

En fait, il en était là avec cette affaire un peu particulière d'adolescente définitivement attardée choisissant délibérément de mourir avant, sans doute, de se laisser envahir par un monde adulte pas si intéressant que cela finalement.

Ce qu'il ne pigeait pas bien, c'était le besoin qu'elle avait pu avoir de se faire assassiner par un porteur de mort au lieu, si tel était véritablement son projet d'avenir, d'en finir solitairement avec cette vie qu'elle n'aimait plus vraiment.

Non, une construction mentale pas très facile à admettre. Et puis ce costume, ce recours au poison ultra-violent, ce lieu insensé, cette aurore incongrue pour un crépuscule d'une tristesse infinie.

Peut-être qu'elle l'avait perçu comme l'apothéose d'une vie ratée. Le pied de nez à tout le reste, moche et illusoire.

Mais tellement dérisoire.

Landowski ressentait de la compassion pour Marie-Claire Sédier. D'autant qu'il n'arrivait pas à la comprendre. Et ça, peut-être, lui permettrait de tendre vers la vérité.

Il en était à ce stade dans sa réflexion matinale quand il perçut le son caractéristique d'un véhicule de secours en déplacement rapide. Il lui suffit de regarder plus loin au-delà des marais salants pour remarquer la progression d'un fourgon rouge de pompiers qui descendait l'avenue de l'Atlantique à vive allure.

Il le vit s'arrêter bien avant d'atteindre le bord de mer, à peu près à la hauteur des Chandelles, un club de nuit que Jim Sablon, son autre pote flic, avait fréquenté certains étés avant de rentrer dans la police.

Durant les longues nuits de planque en banlieue parisienne, Landowski avait tout appris sur les bonnes et mauvaises fortunes de son ami, moniteur de voile le jour et dragueur invétéré la nuit. L'exagération dont il faisait usage au cours de ces narrations passait si bien que le futur commissaire avait parfois regretté de ne rien connaître au nautisme morbihannais.

Mais le moment n'était pas au quart d'heure nostalgie. Là-bas, on semblait s'affairer. Juste ce qu'il fallait pour aiguiser la curiosité d'un flic jamais en vacances.

Landowski chaussa de nouveau ses chaussures de sport. Lorraine ne pourrait pas lui reprocher d'en faire un si bon usage. Il quitta rapidement l'appartement de location et embouqua la chaussée des Bernaches au petit trot. Très vite, il remonta vers le centre-ville pour être rapidement stoppé par un véhicule de gendarmerie barrant ostensiblement le passage. Il présenta sa carte tricolore, qui étonna visiblement le gendarme. Ainsi la police dépêchait déjà un gradé sur les lieux ? Waouh ! L'affaire devait être de taille et la victime une personnalité de premier plan !

En fait de victime, quand Landowski parvint à s'en approcher, il s'agissait d'un homme assez grand dont la chemise rayée de bleu laissait apparaître un abdomen abondamment poilu.

On venait juste de l'extraire d'un fossé fangeux qui avait laissé des brins d'herbe sur son visage. On avait écarté le col de la chemise, poussant de côté un nœud papillon verdâtre qui avait pu être très classe et qui était maintenant d'occasion.

Ce qui était notable, c'était que l'inconnu ne portait ni chaussures ni chaussettes et que son bas de pantalon était retroussé comme s'il s'était lancé dernièrement à la pêche aux moules. Les manches de la jolie chemise avaient elles aussi été remontées jusqu'aux coudes.

De ce fait, on lorgnait davantage la pêche aux écrevisses.

La veille, c'était dimanche. Landowski imaginait aisément le rentier magnifique s'attarder à faire trempette en plein ruisseau après un dernier petit verre de fine champagne. De là à ne pas se changer pour la nuit aurait affiché une évidente négligence. Du reste, un cadavre, ça ne prend pas froid non plus !

Donc le quidam, on l'avait transporté jusqu'ici pour le jeter dans le premier fossé venu. Mort probablement, sinon comment faire pour l'occire discrètement en pleine avenue. Secs ou mouillés, les vêtements ? Faudrait reconnaître éventuellement la nature de l'eau en dessous des genoux si celle du bassin n'avait pas tout dilué.

— Cause de la mort ? demanda Landowski en se penchant, carte tricolore au bout des doigts, vers le médecin réanimateur.

— Arrêt cardiaque.

— Là maintenant ?

Le commissaire voulait vérifier sa thèse.

— Non. Il y a une heure tout au plus.

Il raya aussitôt le recel de cadavre. Si l'homme avait été assassiné, ce qui ne faisait déjà plus de doute à ses yeux, c'était que l'on avait précipité le mouvement. Rendez-vous à la con, bain de pieds rituel, arrêt du palpitant, coffre de la voiture, délestage dans la saline. Faut pas rester les deux pieds dans le même sabot pour réussir ça. Et sans être vu ou inquiété par quiconque.

Landowski se releva. Il sentait qu'il allait avoir affaire à forte partie. Il aimait ça, l'adversité intelligente. Il leva les yeux en direction des autorités qui, informées de sa présence par le gendarme en faction, venaient à sa rencontre.

Après un entretien assez formel qui ne dura pas très longtemps, au cours duquel Landowski plaida le policier en vacances, il s'isola pour tenir Ange au courant des dernières nouvelles.

— Tu sais, Lando, j'ai des fers au feu et ton affaire de province, ça ne me défrise pas vraiment.

— Forcément, tu préfères taquiner les terroristes à la cave !

— Oh là, Commissaire ! Force pas le trait. J'ai pas envie de me payer une enquête administrative, moi !

— Ben alors, tu aides papa Lando qui est bien loin de sa base pour avoir les moyens de résoudre son problème.

— Sauf que c'est pas le tien. Personne ne t'a téléphoné pour te filer l'affaire !

— Il y a quand même un vilain qui vient de déposer un macchab dans mon paysage !

— Et que tu n'aimes pas ça !

— Mais pas du tout !

— Aurait un lien avec ta donzelle au menhir ?

— Mais je n'en sais rien ! Quand il y a un doublé, ce n'est plus de la coïncidence. C'est de l'obstination ! Marie-Claire voulait peut-être mourir mais celui que je viens de voir, allongé dans la douve, avait certainement autre chose comme projet que de finir pieds nus dans la bouillasse !

— Donc il faut que je sache qui il est, tout ça ?

— Et *fissa*, hein !

— Mais je ne suis pas à ton service, Lando ! J'ai un travail, moi ! Je ne suis pas en train de me le couler douce avec une jolie magistrate en vacances !

— D'ailleurs, elle va m'attendre.

— Et elle va t'en filer une ! Ce que tu mérites d'ailleurs pour la délaisser ainsi ! Tu te rends compte parfois de la chance que t'as au moins ? C'est péché de voir ça !

— Je ne suis pas idiot mais j'ai prêté serment. Je m'y tiens. Point.

Une demi-heure plus tard, Landowski retrouvait Lorraine dans l'appartement.

— Tu es rentrée ? demanda-t-il. Pas trop dur ?

— Question odeur, faut s'habituer un peu. Les algues broyées, chauffées, malaxées, tartinées, ça ne passionne pas forcément dans le premier quart d'heure. Ensuite le produit t'envahit. Tu es ailleurs. C'est ton corps qui te le dit. Et là, t'es bien !

— Douche ensuite ?

— Chaude, très chaude ! Et tu as la carapace verdâtre qui file vers la bonde du siphon. Comme si la peau fatiguée s'en allait à l'égout. C'est assez bizarre comme impression. Tu devrais essayer !

Landowski protesta aussitôt.

— J'suis pas prêt pour la peau de bébé !

Et essayant de se refaire :

— Mais je suis certain que ça t'a fait le plus grand bien. D'ailleurs ça se voit déjà à ta mine lumineuse !

— Pour le reste, tu attendras ce soir, susurra Lorraine, malicieuse.

De son bras levé devant la porte-fenêtre, elle désigna un endroit au loin.

— Je t'ai vu là-bas, tout à l'heure ? Ou c'est un effet d'optique ?

— J'ai fait un peu de sport comme tu me l'as conseillé.

— Mais tu as fait une pause, non ?

— Une pause ?

— Un attroupement a cassé ton bel élan, c'est ça ?

— Je suis tombé sur un accident…

— Un accident ? Voyez-vous ça, Commissaire !

— Un cadavre, plus précisément.

— Ah ?

— Un sexagénaire qui s'est noyé en tombant dans le fossé. Peut-être…

— Tu ne penses quand même pas qu'on viendrait te narguer jusqu'ici ?

— Écoute, Lorraine, je venais de rentrer. J'ai entendu les sirènes. J'ai regardé par la baie vitrée puis…

— Tu es allé voir !

— Simple curiosité ! J'avais juste à remettre mes chaussures.

— Et tu as vu…

— Un homme bien habillé, veste chic et pantalon sur mesure, nœud pap et chemise rayée. Mais pas de chaussures, pas de chaussettes…

— De quoi brancher un grand flic en repos !

— Tu trouves pas ça bizarre, toi, comme description du corps ?

— Tu sais, de nos jours…

— Il serait mort d'une crise cardiaque mais pas sur place. C'est ce que j'ai pu savoir.

— Et donc, on l'a trimbalé de là-bas à ici !

— Ben oui !

— Et on te l'a collé sous tes fenêtres !

— Ben oui !

Lorraine marcha en direction de la baie vitrée.

— Ôte-moi d'un doute, Lando ! Je ne fais pas potiche, là, hein ? Ton invitation pour Carnac, c'était bien pour faire un break, rien que nous deux ?

— C'est ce que j'ai dit. Mais j'y peux rien si les choses se gâtent !

La réponse de Lorraine cingla :

— Dans ce cas, je vais me faire un petit tennis cet après-midi !

— Et avec qui ?

— Un coach expérimenté ! Il est libre à partir de quatorze heures.

Elle minauda :

— Tu n'y vois pas d'inconvénient, j'espère.

Elle en faisait des tonnes.

— Je vais peut-être avoir des choses à faire de mon côté…

— J'imagine ! Tu dois être le seul flic disponible dans la région pour résoudre ces affreuses morts suspectes !

— Tu me charges, là !

— Normal, non ?

— Ben accompagne-moi sur le terrain alors !

— Et tu vas où ?

— Je n'en sais rien encore. Mais c'est exactement où l'inconnu souhaite m'emmener !

— Parce que tu crois à une machination ?

L'affirmation fusa :

— L'homme est coriace !

Lorraine leva les bras.

— Mais tu n'en sais rien ! Tu te fais un plan avec des bouts de ficelle ! Comme si l'oisiveté te faisait mal au point que tu imagines une affaire policière pour meubler ton quotidien !

— Et le canard ?

— C'est quoi encore que cette histoire ?

— Le journal du vendredi mis dans la boîte aux lettres et qui aurait dû être celui du samedi comme chaque semaine !

— Une simple erreur du livreur, ça arrive !

— Exactement chez mon copilote ?

— Mais qui donc pouvait savoir que tu allais te poser à Quiberon puis aller chez ton copain boire un café ? Dis-moi un peu !

— Au bar des Ailes, il y avait des clients…

— Dont un qui avait le journal de la veille sous le bras en attendant que tu arrives. Ensuite, il a foncé vers l'appartement, il savait lequel bien sûr, et il a glissé l'exemplaire dans la bonne boîte à lettres avant que vous n'arriviez !

— Une coïncidence peut-être mais je ne suis pas loin d'y croire !

— Tu t'obstines bêtement, Lando ! Avoue quand même que ça ne tient pas debout !

— Et tout à l'heure, cet homme dans le fossé, à deux pas d'ici ! Un hasard aussi ?

Lorraine soupira et s'approcha tout près de son compagnon :

— On l'assassine ailleurs pendant son bain de pieds et on vient te le déposer à domicile ?

— *Quien sabe* ?

— Ton inconnu, il crée du buzz sous tes fenêtres en espérant que tu joues au curieux ?

— Il tente, il essaie ! Le but, c'est de me ferrer !

— Mais il y avait un paquet de monde autour du cadavre, j'imagine ? Tu n'étais pas tout seul !

— Quelques badauds, les gendarmes, les pompiers…

— Et l'assassin t'aurait précisément ciblé, toi, dans ce groupe de gens ? Si c'est le but, pourquoi pas untel ou untel ?

— Les badauds sont des badauds. Pas moi.

— Si je suis ton hypothèse, l'assassin savait que nous étions à Carnac.

— Facile à trouver, ça. Sinon je ne vois pas…

— Et pourquoi on aurait voulu te brancher là-dessus ?

— Parce qu'on a besoin de moi ! Dans quel but, je ne sais pas.

Il tapa du poing sur la table.

— Mais si on me cherche, on me trouve ! Toujours !

VII

— Pol Darevi !

Landowski était assis sur un banc non loin des terrains de tennis. Pour l'instant, Lorraine résistait bien au coup droit de son adversaire. Elle renvoyait avec ce cri de gorge affichant une détermination sans faille des stars du Grand Chelem. L'autre en face se promenait moins qu'au début de la partie. Jouer contre une femme…

Il avait peut-être été surpris par l'endurance et la pugnacité de son adversaire. C'était méconnaître Lorraine Bouchet. Probablement que d'habitude il avait affaire à des tennis women en jupe plissée et polo de grande marque avec visière sans casquette. Ces dames qui faisaient un tour de piste pour s'amuser. On aurait pu penser qu'il allait laisser la magistrate prendre le dessus pour lui être agréable avant de jouer les biscoteaux. Il en était à véritablement se défendre, même si l'issue ne lui échapperait pas.

— Et il faisait quoi dans la vie ? demanda Landowski.

Ange P. était au téléphone.

— Avocat.

— De Marie-Claire Sédier ?

— J'y ai pensé ! Rien trouvé de ce côté-là pour l'instant mais il ne faisait pas vraiment dans le menu fretin, le Pol !

— Connu ?

— Plutôt à l'international mais discret en France, le mec. Quand t'es loin, il y a moins de polyvalents derrière la haie à vouloir te chercher des poux !

— Pourquoi Carnac ?

— Tout simplement parce qu'il en était originaire ! Enfin, sa femme !

— Connue, elle ?

— Son père ! Gros cabinet. Pignon sur rue. Altruiste. Politique. Intouchable.

— Et finalement ?

— Rupture d'anévrisme. Clap de fin !

— Elle a hérité ?

— Avec Pol Darevi dont s'était entiché le beau-papa. Il avait enfin trouvé un gendre pour calmer la donzelle dépensière et farfelue. Elle en a épuisé des prétendants et c'est elle qui régalait !

— T'as des trucs là-dessus ?

— On peut trouver !

— Il faisait quoi, juste avant d'être retrouvé dans le fossé, l'avocat ?

— On croit l'avoir aperçu sur la plage dans la matinée. À quelques mètres du rivage mais dans l'eau ! C'était marée basse !

— Il nageait ?

— Non, juste un bain de pieds.

Information déridant immédiatement Landowski parce qu'elle se rapprochait étrangement de sa théorie sur la pêche aux écrevisses !

— Tout seul ?

— Non, il parlait avec un autre mec.

— Lui aussi dans l'eau ?

— Tous les deux.

— Il était comment celui-là ?

— En combinaison de plongée. C'est la mode du longe-côte aujourd'hui pour se raffermir la peau et gainer les muscles. C'est la période aussi entre deux saisons.

— Et Darevi ?

— Le témoin n'a pas vraiment fait attention. Il a vu un homme en veston couleur camel, c'est tout.

— Si j'avais voulu qu'on ne puisse pas suivre la conversation, c'est ce que j'aurais fait. En bord de mer, il y a toujours quelqu'un qui passe, repasse ou s'arrête. Une manière parfois d'entrer dans l'intimité quand on n'en a plus soi-même. *Dangerous* !

— Le bain de pieds respecterait la confidence ?

— Je crois, oui ! En plus, ça ne se remarque pas forcément. Quoi de plus normal sur une plage d'avoir les pieds dans l'eau ?

Landowski renifla. Il avait facilement une narine bouchée à cause de la ventilation mécanique des appartements modernes.

— Et sinon ?

— Ensuite, on n'a rien. Personne ne les a vraiment remarqués. Ils n'ont rien fait qui aurait pu interpeller, intriguer ou poser question. Du banal au kilomètre !

— C'est drôle. Avant le crime, c'est pas le crime !

— Il y a un temps pour tout, Lando !

— Ils ont dû remonter la plage en direction de la voiture de l'un ou de l'autre.

— Vers celle de Madame Darevi. Le mari l'a empruntée ce matin.

— On sait pourquoi ?

— Il a juste dit qu'il la prenait. Ce n'est pas exceptionnel. Elle est plus pratique pour circuler en ville.

— On l'a retrouvée ? Pas la femme, hein, la voiture !

— J'ai bien compris. C'est trop tôt ! Le tueur a pu la laisser dans une rue quelconque sans se faire remarquer.

Landowski pensa aussitôt que ce n'était pas très important et qu'il n'y aurait rien à en tirer parce que le mode opératoire du tueur semblait astucieusement ficelé. Il ne voyait pas le criminel accumuler les indices contre lui. Ou alors, volontairement.

— Côté gendarmerie, y a quoi pour l'instant ?

— Ben, un cadavre sans chaussettes et sans chaussures !

— Elles doivent être restées dans la voiture !

— Si on retrouve quelque chose ! Un litre d'essence, un coup de briquet et tu transformes un coupable en enfant de chœur !

— Et cette histoire de crise cardiaque ?

— Un arrêt quasi instantané provoqué par une substance mortelle. Un pot-pourri imparable. À l'IRCGN*, ils ont été bluffés en examinant la composition. Le dosage est d'une précision exceptionnelle.

— Un poison est un poison !

— Celui-là est étagé dans les doses, ce qui fait que personne ne peut passer au travers tout en excluant les convulsions, les râles, les expectorations et les manifestations cutanées inconvenantes.

— Une mort douce ?

— Un truc comme ça !

— Composé de quoi ?

— Venins exotiques et un autre truc qui booste le mélange en moins d'une minute. C'est très technique à ce qu'il paraît.

— Donc faut chercher un spécialiste !

— D'accord mais où ? On joue dans l'artisanal discret, là.

Landowski demanda :

— Piqûre au cou ?

— Exactement comme pour Marie-Claire Sédier. Il ne pique qu'une seule fois. En plus de la chimie, le mec a dû potasser l'anatomie pour acquérir un geste aussi précis. Les choses se passent vite et

* Institut de recherche criminelle de la gendarmerie nationale situé à Écully dans le Rhône.

calmement. La victime ne s'en rend même pas compte.

— On dirait qu'il a des produits en stock à passer avant la date, le tueur !

— Pas sûr parce que le pot-pourri est très instable d'après les analyses. Il n'y a que quelques heures de battement pour l'utiliser une fois que le mélange a été réalisé.

— En tout cas, le tueur sait s'en servir et vite !

— Et il est fort en médecine tropicale !

— On dirait !

— Avec ça…

Landowski soupira. La partie devenait difficile. Il revint sur la rencontre à la plage.

— Donc ils sont remontés tous les deux de la trempette. Ils sont allés dans la voiture et…

— S'cuses, Lando ! Tous les deux, ce n'est pas certain. Celui qui a invité Darevi à le rencontrer n'avait aucune raison de monter dans la voiture. Surtout s'il voulait le tuer. La sienne ne devait pas être loin. Ils ont pu deviser une minute ou deux, porte droite ouverte. Pas davantage !

— Puis Darevi, assis se penchant pour remettre une chaussette, se prend la piquouse ! Ouais, je vois assez bien la scène !

— Même pas le temps de crier que c'est fait. Le tueur appuie sur la nuque pour tenir sa victime courbée puis il claque la portière, fait le tour, monte en voiture et part pour faire sa livraison. Darevi est déjà mort !

— C'est assez cohérent !

— Les enquêteurs ont aussi avancé cette hypothèse.

— Tu vois ! Ils ont relevé quelque chose sur le corps ?

— Darevi venait de prendre sa douche. Les vêtements, il venait de les choisir dans son dressing. Il y a du sable sur ses mollets et sous les pieds, mais c'est celui de la plage. Juste des traces un peu brunes sous les côtes gauches. Le tueur aurait pu pousser le cadavre à cet endroit du corps pour le faire tomber de la voiture. Avec une certaine violence pour accélérer le mouvement. Sinon il n'a dû toucher que la seringue et porter des gants. Et comme il était habillé en conséquence… Faut vraiment avoir tout prévu.

Là-bas, Lorraine venait de s'asseoir sur le banc. Elle s'essuyait le visage, le moniteur bien campé devant elle.

Landowski commençait à être agacé. Elle lui faisait quoi, là, Lorraine ?

— Oh, Lando !

— Présent !

— J'ai cru que… T'as vu un truc, pensé à un autre ?

— T'as deviné ! C'est exactement ça ! Sinon est-ce que la section de recherches s'intéresse aux liens entre Darevi et Marie-Claire Sédier ?

— Forcément ! En même temps, c'est basique. Le mode opératoire est similaire. Probablement que la substance mortelle sera identique. On ne retrouvera pas de seringue non plus.

— Et ça donne quelque chose ?

— Darevi et elle, ils se connaissaient, c'est certain. Fabienne Darevi en a parlé aux enquêteurs. On a identifié des appels téléphoniques de l'une vers l'autre.

— Et vice versa ?

— Non, justement ! C'était elle qui appelait. Tôt le matin ou tard le soir.

— On sait ce qu'ils se disaient ?

— Juste le bornage des appels.

— Ils se rencontraient ?

— On n'en a pas la preuve pour l'instant. Darevi bougeait beaucoup pour son boulot. L'instit vivait dans un endroit désert. Un cabanon sur la dune au bout de nulle part. Facile d'y aller sans se faire voir.

— L'hiver en Bretagne, t'as pas forcément envie de sortir quand le vent s'est levé ! En bord de mer, c'est presque fatigant !

— C'est vrai que tu connais bien ça, maintenant !

— Qu'est-ce qu'ils avaient en commun, ces deux-là ?

— Apparemment pas grand-chose.

— L'âge ?

— Un an d'écart.

— Faut voir du côté du parcours scolaire.

— Un riche avocat et une institutrice solitaire ? On n'est pas rendus !

— Pas sûr ! Les Américains te tournent un film à gagner un Oscar avec ça !

— Une histoire d'amour alors !

— Ou de sexe ! Les extrêmes aiment parfois se rencontrer…

Là-bas sur le court, il n'y avait plus personne. Juste une serviette éponge oubliée sur un banc. Landowski n'aimait pas ça.

— Bon, Ange, c'est pas que…

Lorraine venait juste de réapparaître, devisant agréablement avec son coach. La partie semblait prête à reprendre.

— Tu disais, Ange ?

— Euh, moi rien ! C'est toi qui…

— Oui. J'y reviens. Elle pouvait avoir des talents cachés, Marie-Claire !

— Il aurait eu du goût pour la peinture !

— Ou lui trouvait un charme fou !

On aurait dit que Landowski ne lançait pas cette option totalement au hasard.

— L'amour est aveugle ! dit Ange.

— Faudra chercher de son côté. Sa femme, sa bonne…

— Ou alors y a bien plus gros derrière une façade sans histoires.

— De là à se laisser ficeler à un menhir !

— T'as raison. Y a de quoi faire !

Il y eut une minute de silence puis Ange P. reprit :

— Y a un truc que je voudrais te dire, Lando ! Tu me fais marner là pour ton affaire et…

— C'est trop ? Tu veux laisser tomber ? On te cherche des poux à la boîte ?

— Non, non. C'est pas ça ! J'adore quand on bosse ensemble. Ici, c'est paperasse, notes de service et rapports circonstanciés depuis que je suis au *desk*. Et puis c'est plus pareil ! Avec toi, c'est à l'ancienne. On monte au braquage, on trie les bons et les mauvais, et on s'arrache !

— C'est fini le western, Ange ! Tu le sais bien. Moi aussi, j'ai parfois la nostalgie de ce temps-là. Maintenant, on n'a plus les mains libres. Les malfrats ont des droits, les flics des devoirs. C'est l'évolution. Faut s'adapter ou ouvrir une pizzeria !

— Sauf que…

— Que quoi ?

— Je peux encore être mis en dispo sur une affaire. Si, si, ça s'est vu !

— Tu me vends la clé du champ de tir, là !

— Tu as sous la main, si j'ose dire, une magistrate émérite qui pourrait passer un coup de fil au proc.

— Et hop, tu files à Orly et tu rappliques, c'est ça ?

— Ben oui. Elle est pas belle, la vie ?

— Lorraine va p'têt pas apprécier. Déjà qu'elle trouve que je me mêle de ce qui ne me regarde pas !

— Mais justement ! Ce qu'elle rêve…

— Ce dont elle rêve, Ange !

— Si tu veux, maître Capello ! Elle en crève de travailler avec toi ! Que tu la branches sur l'affaire, qu'elle sorte de ses tailleurs Chanel et de ses godasses Gucci, qu'elle mette des chaussures de randonnée pour compter les menhirs ou chercher des trolls réunis dans la forêt, les soirs de pleine lune !

— Tu crois ?

— Elle est où en ce moment, ta belle ?

— Elle joue au tennis.

— Ah oui ! Et ensuite vous allez déguster un Martini Rosso en terrasse en vous regardant dans le blanc des yeux. Tu te goures, Lando. Elle a besoin d'autre chose, ta nana. Elle veut du chaud, du lourd. Du vrai ! Elle est pas maquée avec un flic de ta trempe pour tricoter des napperons !

— Eh ben, mon cousin, tu me l'as bien vendu ton programme !

— Alors c'est oui ?

— Je lui en parle. Promis !

— Fais gaffe que le chippendale ne te la pique pas avant !

Justement, Landowski commençait à avoir ses vapeurs. S'il voulait continuer l'enquête en toute sérénité, il fallait qu'il reprenne les rênes du ménage.

— Ange, je vois ça dans un quart d'heure. Après la fin du dernier set ! Tu peux venir quand ?

— Mais je suis comme qui dirait parti !

— C'est Jim qui va faire la gueule !

— Jim ? Mais bien sûr que non ! J'en ai parlé avec lui ce midi dans son bureau. Il avait fait livrer chinois ! Il a pas mal bourlingué dans le coin où tu es quand il était jeune. Il est donc indispensable, voire essentiel à la réussite de notre entreprise !

— Il m'a raconté !

— Il va passer me prendre !

Landowski secoua la tête.

— Vous êtes des barges, tous les deux !

— C'est pour ça que la hiérarchie nous fout la paix ! Ils ont peur qu'on fasse sauter la planète !

— Et la réussite balaie les remontrances !

Ils savaient très bien tous les deux ce que ça voulait dire.

— Tu me donnes l'heure d'arrivée surtout !

— T'inquiète !

Landowski s'apprêtait à raccrocher quand Ange dit :

— J'ai oublié un truc.

— Vas-y !

— Juste sur le bord du fossé où il est tombé, l'avocat, y z'ont trouvé un truc, les gendarmes !

— Appartenant à Darevi ?

— Apparemment. C'est une toque d'avocat.

— Késako ?

Le divisionnaire expliqua :

— Je me suis renseigné. C'est un chapeau que les bavards ne portent plus depuis longtemps. Une sorte de barrette comme un recteur de l'église avec un pompon au milieu.

— Ouais, je vois à peu près.

— On va vérifier si c'était vraiment à Darevi.

— Bizarre, quand même. Il l'a emporté pour son rendez-vous ?

— Difficile à savoir.

— Qu'est-ce qu'il foutait avec ça ?

— Bonne question, justement. Vu que c'est un accessoire que les avocats ont laissé au vestiaire. En plus, c'était pas sa voiture !

— Le tueur l'a jeté avec le cadavre, je vois que ça.

— Bonne pioche, Ange ! Y a son ADN dessus, j'espère !

— Il avait certainement quelque chose à te dire !

Landowski ricana. Le jeu de piste continuait de plus belle !

VIII

— Et tu voudrais que je participe à ton enquête ?

Lorraine faisait des bruits de bouche montrant son peu d'enthousiasme.

— Qu'est-ce qu'il y a de drôle à ça ? Tu l'as déjà fait non ?*

— Mais…

— Tu as d'autres rendez-vous tennis peut-être ?

— Euh, non !

— Disons que j'ai besoin de ton aide. Fabienne Darevi, née Desmoutons, doit savoir des choses sur son mari. On ne passe pas trente ans ensemble sans connaître l'autre plus intimement.

— Trente ans, tu dis ? C'est un minimum ?

— Commence pas, Lorraine !

— D'accord, Lando ! Mais je te préviens tout de suite. Je n'ai pas envie de monter les bières et les sandwiches dans un bureau enfumé occupé par des flics en bras de chemise !

Landowski grimaça.

— Là, tu vois, tu dates un peu ! C'est vrai que sous les plafonds décorés du parquet de Paris, on en est encore aux films en noir et blanc !

---

*Lire *Secrets salés à Fouesnant*, même auteur, même collection.

— Je voulais dire…

— Je sais ! Tu veux pas faire stagiaire !

— Et c'est quoi, ma mission, alors ?

— Pol Darevi a quitté son domicile au milieu de la matinée. Il a emprunté la voiture de sa femme et il n'est pas revenu pour déjeuner vu qu'il était décédé d'une piqûre mortelle pratiquée à la base du cou.

— Je sais ça, tu me l'as déjà dit !

— Il avait un rendez-vous à son cabinet à dix heures trente. Il a quitté son domicile à neuf heures quinze. Manifestement il avait quelqu'un d'autre à voir avant et il ne pensait pas en avoir pour très longtemps. Vu le résultat, ça s'est même vérifié, en plus !

— On sait qui ?

— Lui le savait. Nous pas encore.

— On sait où ?

— Sur la Grande Plage. Lui et son interlocuteur se sont payé un bain de pieds matinal.

— Rien de répréhensible à ce stade !

— Sauf qu'on dirait bien que l'homme avec qui il a parlé quelques minutes est celui-là même qui l'a raccompagné jusqu'au véhicule de sa femme, qui l'a ensuite trucidé avant de le transporter et de le déposer juste là sous nos fenêtres.

— Cadeau à Landowski !

— Tu rigoles mais on dirait effectivement que c'est ça !

— Et moi, je fais quoi, alors ?

— Darevi a choisi de prendre la voiture de sa femme. Il n'a pas emporté de dossiers ou de sacoche. Pour quelqu'un qui allait travailler, c'est étonnant. Ces mecs-là, quand ils arrivent en audience, ils ont toujours des dossiers volumineux sous le bras. Tu le sais, ça ! Partant de chez eux, c'est certainement la même chose ! Mais lui, rien ! Le rendez-vous auquel il se rendait n'était noté dans aucun agenda. Ni papier, ni Internet.

— Questions ?

— D'où venait ce rendez-vous ? Qui ? Comment ? Pourquoi ?

— C'est donc cette mission que tu veux me confier !

— Il faut une femme pour creuser ça. Tu seras parfaite dans ce rôle-là !

Il la laissa avaler puis il lui dit :

— Tu vas donc rendre visite à Fabienne Darevi.

Lorraine releva la tête. Elle entrait dans la partie. Elle jubilait déjà mais elle n'en laisserait rien paraître.

— Elle doit être éplorée…

— J'imagine mais elle aura forcément baissé sa garde. La surprise, le chagrin, l'incompréhension. La peur aussi ! C'est le bon moment…

— Abus de faiblesse, Lando !

— Ne me dis pas ça ! Je fais juste mon métier ! Le but est écrit au tableau. Les moyens, je m'en charge !

— Je sais mais, des fois…

— Certainement que tu vas la trouver désemparée. Elle aussi veut savoir. Elle aussi veut comprendre. On est venu lui dire que son mari venait d'être assassiné. Mais pas d'une manière conventionnelle. Il a été tué au bord de la plage puis transporté dans la voiture de son épouse et jeté dans un fossé comme le cadavre d'un animal. Sa vie s'est écroulée d'un coup. Quand elle l'a vu monter dans sa voiture, peut-être qu'elle s'est demandé pourquoi. Peut-être qu'elle regrette de ne pas l'avoir stoppé dans l'escalier en lui disant : « Pol, s'il y avait quelque chose de grave, tu me le dirais, hein ! »

— Et c'est ça que tu veux qu'elle me dise ?

— Si elle sait quelque chose, peut-être qu'elle se confiera à une femme ! Les pièces du puzzle sont éparpillées sur le tapis. Avec ça, il faut qu'on arrive à construire quelque chose de cohérent. Il y a toujours un chaînon manquant.

— Je suis quand même magistrate ! Elle ne va pas l'oublier !

— Question d'ambiance, Lorraine ! Au salon, sans témoin, un café, un biscuit. Chais pas. Tu verras bien.

— Je vais y aller puisque c'est ça que tu veux.

— Tu n'y es pas obligée. Seulement… un et deux morts.

— Où s'arrêtera-t-il ?

— Ben, tu vois…

Lorraine se redressa.

— Je ne suis pas conne, non plus !

— Je n'ai pas dit ça. Il doit y avoir urgence quelque part. Celui d'en face n'en a pas fini avec son nettoyage de printemps. Il ira plus loin. Il ira jusqu'au bout de sa logique.

Landowski posa la main sur celle de Lorraine.

— On ne peut pas le laisser continuer, tu comprends ?

La magistrate soupira.

— Je suppose que le procureur n'appréciera pas ce genre de démarche !

— On ne mélange pas les torchons et les serviettes !

— La tradition n'aime pas les changements !

Landowski marcha vers la baie vitrée.

— La maison est cossue, tu verras. C'était celle du père de Fabienne Darevi. Là aussi, c'est tradition et pérennité.

— La veuve est chez elle ?

— Oui. Je l'ai appelée pour la prévenir que tu allais passer la voir.

— Tu as…

— Je n'ai pas imaginé une seconde que tu refuses et comme il fallait qu'elle soit disponible…

Lorraine soupira.

— Tu ne changes pas, hein, Lando !

— Chuis pas bien comme ça ?

— Laisse tomber. Tu m'invites à midi. J'aurai certainement besoin d'air pur.

Lorraine passa dans la chambre et s'habilla chic. Devant une dame de la haute classe, il fallait faire bonne figure. S'apparenter au même monde afin de ne pas heurter et mettre en confiance. L'apparence a ses obligations.

En attendant, le commissaire regarda par la baie vitrée. Il chercha l'endroit où l'avocat avait été balancé hors de la voiture de sa femme. Curieusement, il y avait un véhicule arrêté au même endroit. Il s'agissait d'un petit utilitaire blanc, banal à souhait et sans raison sociale étalée sur la carrosserie.

Landowski crissa des dents. L'autre là-bas osait le narguer. Il attendait la suite ? Eh bien, il allait en avoir pour son argent !

Lorraine sortit de la chambre. Elle avait passé un tailleur foncé sur un chemisier gris perle et mis des chaussures vernies. Un coup de peigne avait savamment orchestré sa chevelure.

— Mais pourquoi tu me regardes comme ça ? demanda-t-elle. C'est trop ?

— Je ne sais pas. Tu es très bien, en tout cas !

— Un compliment ? Waouh ! Je le note !

Il ne répondit rien.

Comme il ne fit pas mention de ce véhicule si anonyme qui ne bougeait pas, là-bas, au bord de la saline.

— Je vais te déposer, dit-il.

Ce n'était pas une proposition. Le fourgon l'inquiétait. Sa décision était prise mais il n'avait pas l'intention d'en donner l'explication.

— Si tu veux, répondit Lorraine. Je suis capable de me perdre.

Elle regarda le policier.

— Oui, je sais. Je suis une femme et les femmes n'ont pas le sens de l'orientation.

On aurait dit que Landowski appréciait.

— Mais il y a tellement de choses qu'on a et que, vous, les hommes, vous n'avez pas, que je me fous d'avouer juste une petite infériorité en ce moment précis !

Et toc ! Elle prit son sac, secrètement satisfaite d'avoir rivé gentiment un clou !

— Alors, on y va ?

— Je suis prêt.

Elle pointa du doigt la ceinture du policier.

— Tu es armé ?

— On ne sait jamais.

— Mais ce n'est pas cette pauvre femme qui pourrait se révéler dangereuse !

— On en a vu sortir le fusil de chasse pour accueillir les visiteurs. Des fois, on veut tuer les autres tout simplement parce qu'on veut mourir.

— Et tu comptes faire quoi ?

— Mon travail, Lorraine ! C'est tout ! On y va maintenant ?

Ils descendirent par l'escalier et non pas par l'ascenseur, que le commissaire fuyait comme la peste pour cause de souvenirs douloureux puis ils marchèrent en direction du parking situé un peu plus loin. On aurait dit un couple d'invités se rendant à un cocktail. Surtout elle.

Landowski fut rassuré quand il mit son clignotant

pour déboîter. Il remarqua le regard de Lorraine qui s'était aperçue qu'il était particulièrement vigilant.

Le policier roula assez vite d'ailleurs pour arriver face à la base nautique puis il tourna à droite. Ensuite, il ralentit l'allure comme un taxi en maraude. En fait, il tentait de vérifier si le fourgon blanc l'avait pris en chasse, ce dont il ne doutait pas.

Et il aimait ce petit jeu de souris et de chat, tout en ayant une parfaite idée des rôles de l'un ou de l'autre. Le moment venu, il inverserait la vapeur.

Il s'arrêta plus loin sur la droite, bien avant l'entrée de la propriété de la famille Darevi. C'était la magistrate qui était attendue et non pas le divisionnaire. Et puis, s'il était persuadé d'être suivi, rien n'interdisait qu'il soit aussi attendu.

Du feutré, du délicat. Pas de vagues…

Il regarda Lorraine s'éloigner. Il la voyait davantage en tenue de week-end. Plus rarement comme une femme du monde. Habillée chic comme ça, elle en jetait quand même un brin et il en était fier. D'ailleurs, elle s'en était aperçue.

Lorraine n'en était pas là. Elle se mobilisait intérieurement pour réussir l'exercice. Des audiences, elle en connaissait presque quotidiennement. Des entretiens de ce type, un peu moins, les témoins étaient davantage reçus par les enquêteurs.

Et ici, ce serait différent. Comme toujours.

Le portail était à demi ouvert. La descente était en pente douce et s'incurvait en partie basse pour faire face à une porte de garage qui aurait pu laisser passer un char d'assaut. On avait vu grand pour ne pas risquer de laisser les belles voitures à l'extérieur.

Un escalier en dallage pour mener vers une porte d'entrée elle aussi de dimension confortable. Le mobilier Louis XV ne passe pas par la porte isoplane d'un deux-pièces cuisine !

— Bonjour ! Lorraine Bouchet, magistrate. J'ai rendez-vous avec madame Darevi.

Elle avait fait sobre devant une employée affichant une mine de circonstance et quelques heures de vol. Celle-ci salua d'un petit mouvement de tête puis elle s'effaça.

— Madame vous attend dans le petit salon.

Forcément, dans ce genre de demeure, il y en avait plusieurs de salons ! La visiteuse obéit et se retrouva dans une vaste pièce ouverte sur la mer par une immense baie vitrée courant d'une cloison à l'autre.

Elle passa ensuite une ouverture en arc roman indiquée par l'employée de maison pour déboucher dans une autre pièce à peine plus petite que la première.

Madame Darevi s'approcha.

— Enchantée, Madame le juge. Venez vous asseoir, je vous en prie.

Un peu trop d'onction qu'elle n'appréciait guère. Un titre donné au masculin qu'elle n'aimait pas. Un parfum entêtant. Des yeux sans fatigue excessive. Bof.

Les deux femmes prirent place sur un grand canapé rococo. Lorraine n'aimait pas bien cette pose, façon photo officielle avec les jambes nues jusqu'aux genoux, collées et légèrement en oblique. Alors, elle se dit qu'il lui manquait le collier de perles qui allait avec.

— Tout d'abord, madame Darevi, je vous présente mes sincères condoléances pour le décès de votre mari et je vous remercie de me recevoir en de telles circonstances.

— Assassinat, Madame le juge ! Il est parti le matin et je ne l'ai plus revu vivant. Il ne m'a pas dit au revoir même si c'était déjà un adieu.

Lorraine croisa les mains. Elle n'était pas en position confortable.

— Ma visite ne remplace pas les entretiens que vous devrez avoir avec les enquêteurs de la gendarmerie, précisa-t-elle. C'est le commissaire divisionnaire Landowski, de la Direction générale de la sécurité intérieure qui m'a demandé de venir vous voir.

La veuve se redressa.

— On s'intéresse déjà au décès de mon mari en haut lieu ?

— Avec la mort de madame Sédier, l'affaire prend une autre ampleur, vous le pensez bien.

— Ah, cette pauvre Marie-Claire !

— Vous la connaissiez bien ?

— Surtout Pol ! Ils s'étaient côtoyés dans le temps.

— À l'école ?

— Je ne crois pas ! La mixité n'existait pas en ce temps-là ! C'est triste, la façon dont elle est morte. On en a parlé avec Pol. Ficelée comme à un mât en pleine tempête et empoisonnée…

— Ils s'étaient revus ?

— Peut-être une fois ou deux.

Lorraine ne la trouva pas sincère mais peut-être voulait-elle protéger la mémoire de son mari. De la famille, plutôt.

Fabienne Darevi haussa les épaules.

— Enfin, pour ce que j'en sais ! Je n'étais pas toujours derrière lui. Sinon, elle lui téléphonait. Surtout quand elle était perturbée. Le soir assez, tard. Elle était plutôt dépressive. Depuis qu'elle avait été bien malade.

— Elle ne s'en était pas remise ?

— Physiquement, je crois que si mais le moral n'était pas revenu.

— Elle vivait seule ?

— Son mari l'avait quittée. On a dit que c'était cet événement qui avait déclenché sa maladie. Ensuite elle s'est installée dans une petite maison isolée qui rappelle les Hauts de Hurlevent. Ce n'est pas idéal pour retrouver la joie de vivre. Elle aurait dû rester en ville pour voir des gens, d'anciens collègues. Je ne sais pas…

Elle sourit.

— Vous vous souvenez de ce roman ?

— Emily Brontë !

— C'était beau mais j'en tremblais le soir en le lisant et…

Lorraine biaisa pour revenir à l'essentiel. Elle n'avait pas du tout envie de connaître le prénom de son baigneur en celluloïd ni la composition de la dînette en plastique qu'on lui avait offerte pour ses six ans.

— La solitude, disiez-vous ?

— Une dune déserte devant les fenêtres et la mer plus loin. Il faut finir à pied, les voitures s'ensablent. Très peu pour moi !

— C'était son choix, non ?

— Sauf que, quand il y avait des tempêtes, elle appelait Pol et elle le tenait des heures à parler de choses et d'autres. Il l'écoutait patiemment et elle finissait par se calmer.

— Ils parlaient de quoi ?

— Elle revenait sur son passé à chaque fois. Ses expériences malheureuses pour trouver un bonheur qui n'était jamais venu. Pol me l'a dit. Et puis son mari l'abandonnant alors qu'elle était si malade. Des trucs de jeunesse, aussi. Bons et mauvais souvenirs comme tout un chacun. Elle était de Carnac.

— Elle a été retrouvée habillée d'une sorte de déguisement…

— Elle a toujours aimé ça, se grimer. Probablement pour être quelqu'un d'autre parce qu'elle n'aimait pas la femme qu'elle était devenue.

— Une raison à cela ?

— Elle pensait avoir tout raté et la réalité ne lui donnait pas tort ! Elle portait certainement dans son corps des stigmates de sa maladie et de ses opérations. C'est difficile pour une femme de l'être moins ou de ne l'être plus.

Lorraine laissa passer un court silence. L'ambiance était devenue pesante tout à coup.

— Vous avez là un panorama exceptionnel ! dit la magistrate en montrant la baie vitrée.

— Venez voir si vous voulez ! proposa l'hôtesse.

Oui, oui, Lorraine voulait bien !

Les deux femmes s'approchèrent de la vitre.

— C'est un peu calme en cette période, expliqua Fabienne Darevi. Vous verriez ça l'été ! Les bateaux vont et viennent ! Les marins aussi !

Lorraine en profita :

— Votre mari faisait du bateau ?

— Plus maintenant ! Le voilier de mon père est en gardiennage depuis quelques années. Notre fils ne s'intéresse pas aux sports nautiques. Il crée des musiques et ça lui prend beaucoup de temps.

— Et ça marche ?

— Je crois, oui !

On aurait dit qu'elle s'en foutait royalement.

— Vous avez eu d'autres enfants ?

— Une fille. C'est la cadette. Mon père en était fou ! Rien à voir avec son frère, prêt à s'enfermer des jours dans une soupente à inventer des vies et des mondes. Elle s'intéresse à tout. Elle est ethnologue en Amérique du Sud.

— Ils vivent en couple ?

— Ni l'un ni l'autre ! Ils arrivent ce soir. Tous les deux. Pour une fois qu'ils seront dans le même avion !

— Vous évoquiez votre père…

— C'est lui qui a fait construire cette maison. Ce ne serait plus possible aujourd'hui. C'est lui qui a appris le métier à Pol. Il l'a pris dans son cabinet et…

— C'est comme ça que vous vous êtes rencontrés ?

— On se croisait tout le temps. On vivait au-dessus du cabinet. On ne venait ici que le week-end. Il est venu dîner à la maison une fois ou deux puis papa l'a invité dans cette maison. On a déménagé ici pour pouvoir agrandir le cabinet. Pol a suivi. Finalement, il est resté.

Lorraine ne sentait pas le parfum de l'histoire d'amour dans cette union fabriquée par l'habitude. Voire la nécessité. Tout le monde devait s'en satisfaire. Le père casant sa fille sans diplôme avec un employé qu'il pouvait formater. Une continuité pour le cabinet, la maison, le standing. Peut-être pas beaucoup plus.

— Venez donc vous rasseoir ! dit madame Darevi. Vous allez vous fatiguer les chevilles avec vos escarpins. Moi, je n'en mets plus. J'ai trop mal aux pieds.

Elle avait l'œil, la maîtresse de maison !

Lorraine obtempéra pour ne pas paraître mal élevée.

— Si nous en venions à ce matin…, dit la magistrate.

Fabienne Darevi se crispa aussitôt.

— Ah oui. Triste jour.

— Dites-moi.

— Au petit-déjeuner déjà, j'ai pressenti quelque chose.

— Et c'était quoi ?

— Son portable s'est allumé. Pol venait de recevoir un SMS.

— Il en a pris connaissance ?

— Non et ça m'a intriguée. Lui qui était toujours collé à son téléphone, j'ai été étonnée. J'ai pensé…

Madame Darevi se pinça les lèvres.

— … qu'il avait un rendez-vous.

— Vu sa profession, c'était plutôt banal pour lui, non ?

— Alors il consultait le téléphone.

— Et il ne l'a pas fait ?

— Non.

— Et vous avez pensé…

— Nous sommes entre femmes, Madame le juge. Je n'ai pas fait un véritable mariage d'amour. Disons que nous avions retrouvé tous les deux, euh, notre autonomie.

— Quelle a été l'attitude de votre mari ?

— Il s'est assombri d'un coup. Je lui ai demandé de me passer la confiture. Il a pris un temps fou à le faire, comme s'il ne m'avait pas entendue. Il était tétanisé.

— Il était déjà habillé comme on l'a retrouvé, à ce moment-là ?

— Non. J'avais des consignes à donner à la cuisinière. Je me suis levée pour aller lui dire. Pol a rejoint sa salle de bains. C'est de là qu'il m'a appelée. J'ai cru qu'il s'était blessé. Je lui ai fait part de mon étonnement.

— Que voulait-il ?

— Il m'informait qu'il prenait ma voiture.

— C'était habituel ?

Fabienne ricana.

— Toutes les fois qu'il ne voulait pas qu'on le remarque.

— Vous avez fait le rapprochement avec le SMS…

— Tout à fait. Il venait probablement d'en prendre connaissance.

— Ensuite, il est parti ?

— Oui et il en est mort !

— On a retrouvé une toque d'avocat près de lui dans le fossé. Il en portait parfois ?

Fabienne serra les lèvres. Le sujet semblait tout à coup l'embarrasser.

— Je l'ai vu une seule fois avec ça, répondit-elle d'une voix blanche. C'était le jour de son installation officielle. Il l'avait fait faire par un spécialiste de Paris.

— Les gendarmes vous l'ont présentée ?

— Oui.

— Ce couvre-chef était celui de votre mari ?

La veuve réfuta énergiquement :

— Mais pas du tout !
— Celui de votre papa, peut-être ?
— Non plus ! Il est dans la vitrine, là-bas !
Elle avait levé le bras en direction de l'autre salon.
— Vous avez une idée ? insista Lorraine.
Fabienne Darevi regarda ailleurs et dit :
— Un accessoire de théâtre ?

IX

— Merci, Lando ! Tu nous as évité le TGV jusqu'à Auray. J'aimais bien le train quand il y avait les locomotives à vapeur et les compartiments.

— *La Bête humaine* et Jean Gabin ! railla Ange P.

— Disons que la banquette favorisait le rapprochement, continua Jim. On pouvait ou se regarder en chiens de faïence pendant tout le trajet ou parler un peu.

— Je te vois bien brosser les escarbilles ! dit Ange. Avance ! Tu bloques l'entrée avec ta charrette !

— Il y avait les boniches et les secrétaires ! continua Jim parti en *live* dans ses souvenirs. Maintenant ça me gave avec tous ces commerciaux scotchés à leur téléphone et qui occupent l'espace avec leurs ordinateurs portables !

Jim Sablon était en train de faire entrer son trolley dans le couloir de la location en lui faisant passer la barre de seuil rendue un peu plus épaisse pour cause de carrelage refait.

Il était un ami de longue date du commissaire Landowski et travaillait au nouveau 36*.

---

*Le 36, quai des Orfèvres a déménagé au 36, rue du Bastion aux Batignolles en 2017.

Une fois la valise à roulettes arrêtée dans le séjour, l'ami policier demanda :

— Dis, Lando, comment tu t'es débrouillé cette fois-ci pour nous trouver un vol au noir ?

— J'ai de bons potes à la base aéronavale de Lann-Bihoué. Et puis, faut savoir qu'il y a des vols pour les gradés qui vont ou reviennent d'un rendez-vous au ministère. Les sièges libres peuvent être attribués à d'autres corps d'État sous réserve de validation par l'Amirauté. Suffit de se renseigner pour savoir s'il y a un départ de Paris ! Un retour vers Toulon ou vers Lorient ! Parfois plus loin !

Ange entra à son tour dans la grande pièce à vivre du gîte loué par les soins du commissaire pour ses deux amis. Il rangea sa propre valise à côté de celle de Jim.

— Et on te dit oui ? demanda-t-il en s'immisçant dans la conversation.

— Pas un omnibus, non plus ! Faut du lourd !

— Et c'était quoi dans le cas précis ?

— Demande officielle formulée par madame Lorraine Bouchet, magistrate au parquet de Paris, ça en jette un brin !

Jim s'esclaffa et dit :

— Mazette !

Et il donna les détails que personne ne lui demandait :

— En fait de pontes galonnés, cette fois, c'étaient des officiers et deux formateurs de commandos ! Que des mecs ! Dommage ! On a quand même échangé des aventures et des souvenirs ! Nouvelle-Calédonie, Tahiti, Liban, Djibout'. Célibataires géographiques qui z'appellent ça, les matafs !

Ange secoua la tête.

— Tu sais, Lando, suffit de le brancher, le Jim, et tu fais le tour du monde sans escale ! Tu en oublies de manger et de boire ! Même de…

— Forcément, toi, répliqua l'intéressé, tu la boucles mieux qu'un prévenu récidiviste !

— Ça fait une moyenne !

— Vous n'allez pas commencer à vous chamailler, hein ! dit Landowski pour couper court au numéro de duettistes qu'il connaissait par cœur. On dirait des gamins dans la cour de l'école !

— Ils ne jouent plus les gosses maintenant ! Y a le portable greffé dans la paume de la main !

— Dis, Lando, c'est toi qui vas casquer pour la crèche ? demanda Jim en se laissant tomber dans le canapé.

Landowski désigna l'autre collègue.

— Ange nous arrangera ça ! Y a des sous à Levallois !*

— L'intendance, c'est toujours pour ma pomme ! dit l'intéressé.

— On est pas bien, là ? dit Jim en se laissant aller en arrière contre le dossier moelleux. Dommage

*Le siège de la DGSI est situé au 84, rue de Villiers à Levallois-Perret.

que tu nous aies pas dégoté un gîte pépère en bord de mer. Avec une belle terrasse !

— En même temps, c'est le printemps ! On sort encore couvert ! On n'est pas au mois d'août !

— Justement ! C'est en ce moment que les grives commencent à se dégourdir les pattes !

L'incorrigible policier affichait franchement ses envies et ses préférences. Landowski mit immédiatement le holà :

— Tu feras ce que tu voudras en dehors du temps de l'enquête. S'il en reste !

— On va speeder, c'est ça ?

Landowski s'assit sur le bord de la table basse.

— Si on veut limiter la casse, on va être obligés ! Faut le prendre de vitesse, l'inconnu de Carnac !

— Masculin ou féminin ?

— C'est à nous de préciser ! Je vous brosse le tableau. Marie-Claire Sédier a été ficelée à un menhir par quelqu'un qui l'a ensuite assassinée en lui injectant une belle saloperie dans une artère du cou. Décès presque immédiat. C'était jeudi de la semaine dernière, vers huit heures du matin. Pas de violences constatées. Pas de témoins connus. Et d'une !

— Avec consentement ou sous la contrainte ? demanda Jim, qui débarquait dans l'enquête.

— Mais je n'en sais rien ! C'est d'ailleurs le cœur du problème, si l'on peut dire. Celui qui trouve la réponse aura droit à un Bounty !

Landowski se leva.

— Deuxième hit : Pol Darevi ! Avec un o.

— Coquetterie ? demanda Jim.

— Paraît qu'il exigeait cette orthographe pour son commerce. Pas très important en fait puisque ça sonne pareil !

— C'était quoi, son taf, à Pol ?

— Avocat. Bien du mal à obtenir son diplôme. Gros cabinet de beau-papa, belle-famille très aisée, mariage de raison. Sous le régime de la liberté mutuelle, en quelque sorte.

— Et ça veut dire quoi ?

— D'après ce qu'on sait, sa femme ne trouvait pas de prétendant prêt à s'engager. S'il y en avait un de pressenti, c'était le patriarche qui n'en voulait pas. Faut dire qu'il fallait prendre le lot. Le père Desmoutons, avocat aussi, incontournable, omniprésent !

— Et Pol a fait l'affaire ?

— À défaut ! Il était déjà dans la place. Donc un peu formaté. Et puis Fabienne prenait un an de plus chaque année…

— Dolmen pour lui ?

— Non. Bain de mer ! Reçoit un appel au petit-déjeuner pour un rendez-vous à la Grande Plage.

— J'connais ! dit Jim en s'agitant sur son siège. Y a la base nautique à un bout ! Ah, j'y ai bien vécu, punaise !

— Ne nous raconte pas ! dit Ange.

Landowski reprit :

— Emprunte la voiture de sa femme. Plus facile pour circuler en ville. Se rend à l'endroit prévu une heure plus tard, rencontre un inconnu pour nous mais pas pour lui, se fait trucider probablement par celui-ci, selon la méthode utilisée pour Marie-Claire Sédier. Piqûre de rappel ! Décède illico. Dans sa voiture. On ne l'a pas encore retrouvée. Ensuite, y a un trou dans le timing mais qui correspond au temps de transport en gros puisque Pol se retrouve sous forme de cadavre encore tiède jeté dans un fossé comme un objet encombrant. Et ça à quelques encablures de la baie vitrée de l'appartement que j'ai loué. Et de deux !

— Ont des liens entre eux, les victimes ? demanda Jim.

— Je n'en serais pas étonné vu que le mode à tuer est le même. À voir si c'était amical, sentimental ou agressif. Disons que c'est une piste à creuser !

— C'est pas la seule ! dit Ange, qui en savait davantage sur le dossier.

— En plus, pour Marie-Claire, on peut rajouter le hasard, l'ésotérique, le rôdeur, la folie douce et je ne sais quoi encore…

— Et pour l'avocat ?

— On oublie la rencontre fortuite puisqu'un témoin a vu Darevi parler avec un inconnu au bord de l'eau. Un inconnu en combinaison de plongée.

— Façon commando ?

— Façon pas d'indices !

— Pas mal joué !

— L'avocat s'est rendu à un rendez-vous qui a peut-être mal tourné. Sauf que faut être prévoyant pour emporter quand même une seringue remplie et s'en servir.

Landowski leva l'index droit et reprit :

— Il n'est pas exclu que celui qui discutait avec lui en bas de plage ne soit pas celui qui le trucide sur le parking. Le témoin n'a vu que la première séquence, et personne la deuxième !

— Mobile ? demanda Jim.

— Ce qu'on veut ! Un client déçu, un mari jaloux, un fou furieux. Tout est ouvert !

— Un drame familial aussi ?

— Pas impossible. Les deux hommes se sont retrouvés auprès de la voiture de la femme de Darevi. La pièce a dû se jouer à ce moment-là mais on ne sait pas si l'inconnu est resté près de la voiture ou s'il est parti immédiatement.

— Le tueur aurait pu être caché et attendre ?

— En faisant très vite, c'est jouable.

— Du côté de Darevi, utiliser cette voiture, c'est un signe, non ?

— L'autre attendait une maîtresse, pas le mari et ça aurait mal fini ?

— Pourquoi pas ? Ou à l'inverse, Darevi attendant lui aussi une femme et tombant sur le mari. Et toc ! La rencontre au bord de l'eau n'a peut-être rien à voir…

— L'autre aurait prévu la même seringue ? Bof, bof !

Landowski rajusta son pantalon. Il n'aimait pas le porter trop serré pour cause d'arme de poing souvent passée dans la ceinture.

— Pour tout vous dire, les gars, c'est une affaire qui a du potentiel comme on affirme dans l'immobilier ! À côté de ça, je suis persuadé qu'on a voulu me mettre sur l'affaire. Lorraine n'est pas convaincue mais, moi, j'y crois. Même si je me trompe, il y a deux morts déjà. Je pense qu'il y en aura d'autres. C'est comme un jeu de société mais je ne connais pas la règle du jeu.

— Pourquoi tu te sens impliqué ? demanda Jim, l'air soucieux tout à coup.

— Des indices, des faits. Des éléments fortuits que je ne peux me résoudre à accepter comme des coïncidences. Je parie que l'exécuteur a eu envie de me brancher là-dessus. Et si je me goure dans les grandes largeurs, il y a toujours deux assassinats à résoudre et ce n'est pas rien !

— Donc on s'y colle ! conclut Ange.

— Ici, on ne vous connaît pas physiquement, même si Jim a écumé les boîtes de nuit du coin quand il avait vingt ans !

— T'es vache, Lando ! Dis tout de suite que j'ai changé en moins bien !

— C'est vrai que tu es resté à peu près le même ! Ceux et celles d'en face, pas forcément ! C'est juste ce que je voulais dire !

Il toussota.

— Plus sérieusement. Si c'est un fondu, le mec, il va nous balader grave. Uniquement pour me voir courir derrière lui ! Je crois d'ailleurs qu'il a déjà commencé !

— Il t'en voudrait ?

— Non. Il faudrait un malfrat de la région parisienne venu réchauffer ses os en Bretagne et tellement désœuvré qu'il aurait décidé de se venger. Ensuite faut me faire entrer dans le jeu. C'est aléatoire. D'autant plus que je n'habite pas le Morbihan. J'ai une affaire en cours en Corse. Rien ne dit qu'on va me laisser le temps de résoudre celle-ci !

— Et alors, c'est quoi, le pitch ? relança Jim.

— Je crois qu'il profite de régler ses comptes tout en jouant avec l'autorité que je représente. C'est le genre de mec qui n'a eu rien d'autre, qui a déjanté pour une raison qu'on ne connaît pas, qui n'est pas criminel endurci mais qui a eu envie de passer à l'acte pour un truc tout con ! Pour une opportunité que j'ai fait naître en lui ! Donc, il se monte un trip. Vous savez très bien que ce genre de criminel est difficile à trouver. Il manque le code. C'est pour cette raison que mon job, et le vôtre, c'est de le stopper avant qu'il ne fasse d'autres dégâts.

— Concrètement, on fait comment ? demanda Ange.

— Vous prenez chacun l'une des victimes et vous tapez dans la butte ! Dès que ça avance, ou pas d'ailleurs, on confronte les résultats et on évalue. Pour l'heure, Lorraine a rencontré Fabienne Darevi. Elle a peut-être des infos intéressantes à me communiquer. Pour moi, il y a une perquise non autorisée à pratiquer chez Marie-Claire Sédier avant que le magistrat ne la demande aux gendarmes. Sa bio est à creuser, comme celle des Darevi, mari et femme. C'est pas le tout qu'ils se connaissaient. Depuis quand ? Où ? Comment ? C'est trouver ce qui les rapprochait qui m'importe. Ou ce qui les opposait. Ensuite, on cherchera à remplir les blancs pour avoir une chance de le ferrer avant qu'il ne remette ça !

Jim se redressa du profond canapé.

— Et si c'était l'avocat qui avait dessoudé Marie-Claire ?

Ange ricana et contra :

— Et si c'était Fabienne Darevi, la tueuse des deux ?

X

Landowski retrouva Lorraine à l'appartement.

— Tu te changes ? demanda-t-il.

— Ben oui ! Pourquoi ? Tu voulais que je reste habillée en femme du monde ?

Lorraine se dandina.

— Ça te va bien mais j'aime te voir dans toutes les tenues, dit Landowski. Ou sans !

Sa compagne le stoppa net.

— Ne dérape pas, Lando ! J'apprécie la séduction intelligente, pas trop la grivoiserie ! Avec vous, les hommes, c'est toujours comme ça ! On couche d'abord et on parle après !

— Mais qu'est-ce que j'ai dit ? Une chose très simple qui ne concerne que toi et moi et qui nous rapproche ! Il n'y a personne d'autre dans cette pièce ! Nous formons un couple, et ce depuis des années, me semble-t-il !

— Il en a fallu du temps pour qu'on mette nos brosses à dents dans le même verre sous le miroir de la salle de bains !

— Et qu'on dorme ensemble dans le même lit une nuit entière !

— Mais il y avait le boulot ! Un flic, ça ne dort pas la nuit ! Ou alors pas beaucoup !

— J'ai attendu, des fois…

Il secoua la tête pour marquer son incompréhension.

— Mais là, nous sommes seuls !

— Ce n'est pas le moment ! insista Lorraine.

— Faut prendre rendez-vous ?

— Arrête !

Landowski laissa tomber et se dirigea vers la baie vitrée.

— Passons à autre chose ! Et alors, chez Fabienne Darevi, ça a donné quoi de bon ?

Lorraine effaça la petite joute oratoire qu'ils venaient d'avoir.

— Bel intérieur ! Un peu surchargé peut-être ! Des tableaux à l'ancienne. Des meubles dorés. Des bibelots. Par contre, très belle vue sur la mer !

— Affectée, la veuve ?

— Un peu, bien sûr, mais pas abattue. Quelques cernes mais du maquillage savant pour masquer.

— Sinon ?

— Madame ne comprend pas ce qui a pu arriver à son mari. Elle paraît assez loin de tout ça.

— Ou elle le laisse croire !

— Peut-être. C'est difficile à savoir. Elle joue la femme digne et forte. Drapée dans son chagrin supporté comme une épreuve. Pas de simagrées.

— Question affaires, il y avait des problèmes ?

— Elle n'en a rien dit.

— Et question couple ?

— Une grande lassitude mutuelle avec effets compensatoires bilatéraux !

— Belle formule ! Sinon ?

— Les deux victimes se connaissaient depuis leur jeunesse apparemment. Fabienne Darevi n'en sait pas plus. Ou n'en dit pas plus. Sauf que l'une appelait l'autre relativement souvent et le tenait au téléphone assez longtemps.

— Pour parler de quoi ?

— L'époux n'en disait pas grand-chose ! Juste un minimum pour ne pas rester dans un silence inquiétant. Marie-Claire Sédier était très dépressive depuis sa maladie. L'opération, la solitude, l'incompréhension. Tout ça.

— Ah bon ?

Lorraine se redressa.

— Forcément, vous, les hommes, vous n'y comprenez rien ! Mais une mutilation pour une femme, c'est perdre une part de son intégrité. Donc de son identité !

— J'ai compris, figure-toi ! Et qu'est-ce qu'il faisait là-dedans Darevi ? Je ne vois pas bien…

— Il la soutenait moralement, je pense. Il n'osait pas l'éconduire.

— Pour quelle raison ?

— Il était peut-être le seul à qui elle pouvait parler de sa difficulté d'être.

— Fallait quand même une bonne raison à ça !

— Il le faisait par humanité ! Par bonté d'âme ! En souvenir de quelque chose ! Je ne sais pas !

Landowski perdait pied.

— Non, non, je voulais dire à cause d'une responsabilité ? Une attitude obligée parce qu'il avait quelque chose à se reprocher ? Un secret ?

— Il n'y a pas toujours une raison !

— Bien sûr que ça existe et c'est très bien ! Mais, dans notre affaire, la personne en détresse a été exécutée à l'aube. Pas tuée par hasard, invitée, convoquée, transportée sur les lieux du supplice. Ce qui me pose question, forcément !

— Tu penses bien que Fabienne Darevi ne m'en a rien dit ! Des liens entre eux, des choses intimes, des lézards et des soleils ! Toutes ces discussions interminables lui pesaient.

Landowski insista :

— Jalouse ? Les deux avaient peut-être été amants ? Ou l'étaient encore ! Ou Fabienne craignait que ça n'arrive !

— Éventualités suffisantes pour qu'elle en prenne ombrage, non ?

— Elle n'a pas essayé de consulter le portable pour identifier les appels, les messages ?

— Elle ne m'en a rien dit.

— Elle a récupéré l'appareil ?

— Pas demandé.

Lorraine serra les lèvres. Elle venait de s'apercevoir d'un oubli essentiel.

Landowski minimisa :

— Elle n'y a pas pensé. Elle n'a pas la tête à ça.

Lorraine, qui s'attendait à une douche en règle, aurait voulu l'embrasser. Après l'avoir renvoyé dans ses dix-huit mètres, ce n'était pas le moment.

— Et l'histoire de la voiture ? demanda le policier.

— Son mari l'empruntait de temps en temps…

— Il donnait une explication ?

— Quand il ne voulait pas qu'on le reconnaisse…

— Des rendez-vous professionnels discrets ou des escapades galantes ?

— Elle n'a pas précisé et je crois bien qu'elle s'en foutait royalement. Au bout d'un moment, on en prend son parti.

— Ah oui ? C'est comme ça ?

Il se racla la gorge et poursuivit aussitôt :

— Et la toque ?

— Pas un accessoire véritablement professionnel. Pour elle, ce ne serait qu'un chapeau de comédie.

*

*   *

Au même moment, la veuve Darevi recevait une visite inattendue et discrète.

— Bravo, Fabienne ! Tu l'as bien baladée !

— Et si je lui avais dit que tu étais là, caché derrière le paravent chinois, tu crois que la magistrate aurait apprécié ?

— Tu te serais engagée fièrement à souffrir pour qu'on joue l'agression et non le complot !

— Agression, complot ? Qu'est-ce que tu veux dire ?

— Je t'aurais battue pour que cette juge ne nous soupçonne pas d'avoir organisé la mort de Pol ! Ensemble !

— Et donc tu m'aurais fait du mal pour qu'elle pense le contraire ?

— Forcément !

— Et tu aurais fui ?

— Vu mon accoutrement, elle n'aurait pas pu me décrire aux enquêteurs !

— Et moi ?

— La veuve éplorée agressée pendant son deuil dans sa propre maison ! Super, non ?

— Tu as de ces idées ! Tu en as toujours eu d'ailleurs !

— Pour rester libre, faut lutter, Fabienne !

La veuve soupira.

— Mais au fait, comment tu es venu ici ?

— J'ai fait du longe-côte en passant par la plage ! Ce qui explique la combinaison de plongée, les chaussons et les gants ! Personne ne s'est intéressé à moi.

— Maintenant, tu es en train de mouiller tout mon salon !

— Je n'avais pas d'autre solution ! Je ne voulais pas me faire voir ! Doit y avoir du flic dans le coin !

— Je suppose. Ils m'ont dit qu'ils allaient me protéger.

L'homme fit crisser le néoprène en serrant les mains.

— Je ne peux pas me défendre, ajouta madame Darevi. Le soir, je n'ai plus personne puisque Pol…

Elle réprima difficilement un sanglot.

— La cuisinière s'en va dès qu'elle a préparé le dîner. Maintenant, il faudra que je me débrouille.

— La femme de chambre ?

— Je lui ai donné son congé ce matin.

— Il y tenait un peu ?

Fabienne parut gênée.

— Tu peux me le dire, insista-t-il. Je connaissais ton mari avant toi !

La veuve soupira. Rien ne lui serait donc épargné.

— Il l'avait à disposition chez lui et la morale était sauve. Je n'ai rien à lui reprocher, à elle. C'était le contrat. Sinon, il l'aurait remplacée. Une fille belle et gentille…

— Il a toujours eu du goût ! Ils faisaient ça ici ?

— Le matin. Quand je n'étais pas là. L'après-midi chez elle. Je n'en sais rien et c'était le cadet de mes soucis !

— Et toi, de ton côté ?

Fabienne Darevi s'insurgea :

— Ce ne sont pas tes affaires !

— Ou ça t'arrangeait bien !

— C'est ça.

— Quand tu étais plus jeune, tu collectionnais les aventures ! J'ai du mal à croire que tu aies pu changer tant que ça !

— Je ne dis pas…

— Alors ne dis rien. D'ailleurs, je ne suis pas là pour écouter ta biographie sentimentale !

— Et toi, tu as profité de mes largesses quand on était jeunes !

— On n'a pas fait notre vie ensemble.

— Bizarre que tu dises ça, comme si tu regrettais.

L'homme haussa les épaules.

— C'était un temps que les moins de vingt ans…

— Mais aujourd'hui qu'est-ce que tu veux de moi ?

— Je voulais te parler.

— Qu'est-ce que tu veux savoir ?

— T'es assez drôle, tu sais ! Il y a deux morts dans la bande d'amis qu'on formait dans le temps. J'ai le droit de m'inquiéter. Que va-t-il nous arriver, les jours prochains ? Ton tour ? Le mien ? Les autres ?

— Mais pourquoi tu dis ça ?

— Parce que celui qui fait ça ne va pas s'arrêter en si bon chemin, tiens !

— Mais pourquoi faire ça ?

— Tu lui demanderas quand tu le verras !

— Marie-Claire était au bout du rouleau…

— Il n'avait qu'à attendre, c'est ça que tu veux dire ?

— Ben…

La veuve était gênée. Sa franchise la desservait.

— Mais Pol ?

— Le deuxième sur sa liste ! Notre inconnu a un projet et un plan pour y arriver. Il viendra te voir. Ou moi. Ou les autres !

— Ici, il ne peut pas entrer !

— Sauf s'il fait comme moi !

— Je bloquerai la porte-fenêtre quand tu seras reparti !

Fabienne Darevi fronça les sourcils et dit lentement :

— Tu n'as pas d'explication à tout ça…

— Je pensais que tu pourrais me la donner !

— Pol ne me disait rien.

— Qu'est-ce qu'il foutait avec Marie-Claire, Pol ?

— Comment ça ?

— Il lui rendait visite là-bas, sur la dune. Je l'ai appris.

— Je ne savais pas.

— Mais tu t'en doutais !

— Qu'ils se voyaient ? Oui. Où, je n'en avais pas la moindre idée !

— Il couchait aussi avec elle !

— C'était une femme détruite. Elle avait davantage besoin d'une épaule accueillante mais il n'était pas du genre à partir en courant !

— Il se croyait redevable envers elle peut-être ?

— Mais je n'en sais rien ! Et de quoi donc ?

Fabienne fit tourner son alliance.

— Et toi, tu sais qui a tué l'un et l'autre et pourquoi ?

— J'ai ma petite idée ! Il y a des souvenirs, ceux-là mêmes qui hantaient peut-être Marie-Claire, qui l'ont conduite à la mort, et qui ont fini par envoyer Pol dans un fossé.

— Tu pourrais m'expliquer ?

— Tu sais aussi bien que moi. Je crois surtout que nous avons tous intérêt à surveiller nos arrières.

La veuve se raidit.

— Qu'est-ce que tu veux dire ?

— Parce qu'il ne va pas s'arrêter en si bon chemin. Et ça va arriver vite. En venant ici discrètement, je voulais t'avertir…

Fabienne Darevi se leva d'un bond.

— Mais si tu sais, fais quelque chose !

— En souvenir de nos belles années, c'est ça ?

— Mais oui !

— Alors j'y vais !

— Mais où ?

— Tu verras.

L'homme en combinaison de plongée s'approcha de la porte-fenêtre donnant sur la terrasse.

Il était entré par là en tapant discrètement au carreau.

— Approche, Fabienne ! C'est si beau ici !

Il la prit par les épaules.

— Tu vois en bas le sentier entre les buissons ?

Elle se baissa par-dessus le garde-corps.

— Quand j'étais plus jeune, dit-elle d'une voix un peu moins triste, je descendais par là pour aller prendre un bain le matin !

— Ah oui ? dit l'homme-grenouille en souriant. Et tu allais vers la plage ?

— Par là, dit-elle en tournant la tête vers la gauche.

Puis son étonnement.

— Qu'est-ce que tu fais ?

— Je te prends dans mes bras comme au bon vieux temps !

— Laisse-moi. Tu es mouillé et Pol est encore à…

Fabienne Darevi ouvrit de grands yeux. Quelque chose venait de la piquer au cou. Elle tenta de le dire mais aucun son ne sortit de sa bouche ouverte. Son sang se glaçait dans ses veines. Et ce voile noir…

Puis le geste fort et puissant d'un homme décidé. La saisie de Fabienne par l'entrejambe. Le basculement. La chute. Le bruit effroyable. Sans un cri.

Le corps désarticulé gisait en bas sur les rochers. Poupée de son. Jambes écorchées. Tête ensanglantée. Pas beau à voir.

— Fabienne, je n'ai pas voulu te prendre en traître. Je t'ai prévenue que tu étais sur la liste ! dit l'homme-grenouille aussi cynique que fataliste. Peut-être que si tu avais… Désolé !

Puis il laissa tomber un morceau de papier qui voleta quelques secondes avant de se poser à quelques centimètres du corps.

Rapidement, il longea le bord de la terrasse, enjamba la rambarde de fer forgé et s'enfonça dans la végétation dense touchant le pignon de la maison.

À l'instant même où une voix féminine appelait dans l'entrée :

— T'es là, maman ?

XI

— Mais qu'est-ce que tu fais encore avec ces fioles ?

L'homme en blouse grise d'instituteur à l'ancienne se moucha puis il se retourna.

— Ah, tu es levée, ma chérie ?

— Je viens de te demander quelque chose. Tu me réponds par une question. Formidable !

Le conjoint ne répliqua pas. Au contraire, il joua l'apaisement.

— Tu es fatiguée, Aline, tu le sais bien ! dit-il d'une voix doucereuse. Ce sera long. Le médecin a dit que tu devais rester au lit au moins toute la matinée puis t'économiser le reste du temps !

L'épouse au visage émacié et aux yeux cernés s'appuya au chambranle de la porte du petit local.

— J'ai mal dans le côté quand je suis couchée. C'est atroce. Je ne me repose pas vraiment. J'en ai marre de me traîner comme une larve. Si j'allais me promener un peu dehors, j'irais mieux. L'air me ferait du bien. C'est certain !

— Patiente ! L'air est encore frais. Faut attendre le beau temps. Ensuite, on partira.

La femme esquissa un sourire bien triste.

— Pour aller où dans l'état où je suis ?

— Au soleil ! Loin ! Pour toujours !

Le visage de la malade s'éclaira un peu.

— Définitivement, tu veux dire ? demanda-t-elle la voix pleine d'espoir.

— Vaudrait mieux ! dit-il sentencieusement.

Elle fronça les sourcils.

— Pourquoi, tu dis ça ?

— Eh ben, pour l'exotisme, la découverte…

— J'ai cru…

— Y a rien à croire ! Tout à espérer !

— Quand allons-nous partir ?

— Bientôt.

— Quand tu auras terminé de manipuler tes seringues ?

L'homme aux tempes grises soupira.

— Exactement !

— C'est pas bon de patouiller ces produits. En plus, ça te donne des allergies. Tu n'arrêtes pas de te moucher !

— Avec le soleil, ça disparaîtra !

— Et mon traitement, tu y as pensé ?

— Des médecins, y en a partout. Des meilleurs qu'ici, si ça se trouve. Tu cavaleras comme avant !

Elle sembla rassurée.

— On vendra ? demanda-t-elle en le regardant fixement.

— Pas de raison de garder cette maison ! On dira au notaire de faire le nécessaire.

— Mais il nous faudra de l'argent pour cette nouvelle vie.

— J'en aurai.

L'épouse se passa la main sous le nombril en sorte de massage.

— Tu es rentré tard hier après-midi ! dit-elle sur un ton de reproche. C'est souvent que tu t'absentes et c'est n'importe quand. Je me demande où tu vas comme ça.

— Je vais regarder la mer. J'ai besoin de m'aérer !

— Dis-moi que c'est une femme que tu vas voir ! Je peux comprendre que tu ailles chercher ailleurs ce que je ne peux plus te donner.

— Tu dis des bêtises.

— Et si je faisais un malaise pendant ton absence ?

— Tu as le téléphone sur toi. Et puis l'infirmière passe matin et après-midi. Tu n'as rien à craindre.

— Quand on est malade, on a peur de tout. C'est compréhensible.

Le mari repoussa discrètement une pochette plastique qui débordait de la table de travail, comme s'il voulait la cacher.

— J'ai fait des courses, expliqua-t-il. Je suis passé à la banque. J'ai pris de l'essence. Je me suis arrêté à la librairie. J'y ai acheté tes revues et des mots fléchés.

L'ambiance étant pesante, il tenta de l'alléger :

— Tiens, je t'ai pris le petit polar breton à couverture bleue qui te manquait ! Tu vas pouvoir mener l'enquête de ton lit !

— Avec des meurtres, j'espère ! Si c'est gnangnan, ça ne m'intéresse pas ! Faut que ça saigne !

— Tu as raison ! répondit le mari, sourire en coin. J'ai lu la quatrième de couverture. Ça bouge pas mal et ça se passe à Port-Manech dans le Finistère !

— Ah oui ? On y est allés une fois, tu te souviens ?

— Bien sûr ! Le laboratoire nous avait invités à faire une balade en bateau sur l'Aven avec restau ensuite. Homard et muscadet !

— Je pouvais me déplacer normalement à ce moment-là.

— Encore quelques séances de kiné et ça ira mieux, tu verras !

— Je remarche un peu, c'est déjà ça !

L'homme cligna des yeux.

— Je l'ai mis sur la pile de ton côté du lit, le polar !

— Je commencerai à le lire ce soir. Je suis dans une histoire qui commençait justement à me barber. Un truc cérébral qui ne me convient pas du tout. Un best-seller, y paraît. On se demande qui a pu trouver ça bien.

Le mari s'adossa à la table de travail, comme s'il faisait tout pour que sa femme ne s'intéresse pas aux objets posés dessus.

— Je préparerai le déjeuner tout à l'heure.

— Je n'ai pas faim !

— Il faut manger sinon…

— Sinon quoi ?

Le mari ne répondit pas mais il insista :

— Tu devrais te recoucher en attendant l'infirmière. Elle ne va pas tarder.

— Celle-là, elle me fatigue. Et que j'te retourne comme une crêpe. Et que j'te mets les fesses à l'air. Et que j'te pique la droite. Retour côté pile et hop au revoir !

— Elles sont pressées les filles, tu le sais bien ! C'est la course pour elles. Elles ont une vie de famille aussi. Faut comprendre.

— Évidemment, tu en as vu, toi, de celles-là au labo !

— Elles venaient déposer les prélèvements tous les jours. Et il y en avait !

— Des belles forcément !

— Des moches aussi !

— Celles-ci manquent un peu de conversation quand elles viennent !

— Tu es dure avec elles. Elles plaisantent avec toi. Un petit mot par ici, un rire par là !

— Je n'aime plus la plaisanterie.

— À rester enfermée, tu deviens…

Aline lâcha le chambranle comme pour faire face.

— Dis tout de suite que je suis acariâtre !

Il haussa les épaules.

— Non, mais tu n'es pas facile, faut avouer !

— J'voudrais t'y voir, toi ! Tu as de la chance ! Tu sors, tu vois des gens. Je ne sais même pas qui, d'ailleurs ! Moi, je maigris, j'ai le métabolisme qui bégaie, des douleurs le jour, des crampes partout à l'intérieur la nuit. Et pas le moral !

— Bientôt, ce sera fini tout ça !

— J'espère !

Elle tenta de regarder par-dessus l'épaule de son mari.

— Et toi, tu continues à faire le laborantin ?

— J'ai fait des études de chimie !

— Toujours les maladies tropicales, hein ?

— C'est ma spécialité.

— Un jour, tu vas réussir à nous empoisonner avec tes trucs.

— Je suis sur un vaccin du tonnerre ! La révolution chimique !

— Ah bon ?

— Imagine ! C'est un composé de venin de mamba noir désactivé et de polymérase synthétique pour bloquer le choc anaphylactique !

— Je n'y comprends rien !

— J'inocule un poison violent qui doit provoquer un arrêt respiratoire et cardiaque mais je le contre par un inhibiteur naturel !

— Je ne comprends pas davantage ! Et ça produit quel effet ?

— Le sang reconnaît l'attaque puis la parade et stoppe donc sa réaction violente. Le patient concerné descend du grade IV au grade I et il s'en sort !

— Et ça marche ?

La blouse grise s'agita.

— Je n'en suis qu'au stade des essais cliniques. Trois échecs pour l'instant mais faut pas désespérer. C'est une question de dosage. Les deux composants doivent être finement ajustés pour s'annuler. C'est au dixième de milligramme ! Je vais réussir, c'est certain !

— T'as trouvé des cobayes ?

— On m'en propose, tu le sais !

— Mais eux…

— S'ils décident de tenter l'aventure, ce n'est pas mon problème.

— Tu devrais arrêter de jouer à l'apprenti sorcier, jeter tout ça, faire le ménage dans ta turne et m'emmener à Montevideo !

Il s'étonna.

— Montevideo ?

Aline secoua légèrement la tête.

— J'aurais pu dire Katmandou ou Zanzibar !

— J'ai quelques assemblages très subtils à finir. Je vais rajouter de la vipère du Sénégal désactivée. Juste quelques milligrammes et booster l'agent inhibiteur. C'est la puissance qui a besoin d'exploser pour perdre pied.

— C'est de la folie !

— Je ne peux pas tout arrêter comme ça ! J'essaie encore cette formule une fois ou deux. Ensuite, on part. Je te l'ai promis.

— Ne tarde pas ! Sinon tu iras tout seul ! Ou personne n'ira !

— Ne dis donc pas de bêtises !

— Là, je ne suis pas en train d'en dire justement.

Ils se regardèrent en silence. Du lourd, du pesant. De ces instants où la réalité n'a pas besoin d'être décrite pour atteindre la vérité. Puis Aline tourna les talons et disparut dans le couloir.

Le chercheur respira fort, comme si le soulagement venait enfin. Oui, ils allaient partir. Il regarda la pochette plastique puis en sortit la photocopie agrandie d'un cliché en noir et blanc.

Sur la feuille de format A4, il y avait un groupe de personnages. Des jeunes gens. Au-dessus de chaque tête, il avait placé une gommette rouge avec un code chiffré dont il était le seul à connaître la signification. Certaines pastilles étaient barrées d'une croix. D'autres ne montraient qu'un seul trait oblique comme si elles attendaient le second trait. Sur la partie droite, il y avait une croix au-dessus d'une jeune fille portant un chapeau ancien, une autre sur celle avec une sorte de barrette de recteur. Toutes les deux se tenaient debout.

Sur la gauche, un adolescent portant chemise blanche et nœud papillon voyant était debout derrière un groupe de quatre jeunes assis sur des chaises en paille. Lui, il avait droit à sa gommette et à sa croix. Au-dessus des quatre personnages assis, il y avait bien une pastille pour les deux garçons en retrait mais celle-ci était noire et elle n'était pas accompagnée d'un code chiffré. Pour les deux personnages restants, la fille portait un chapeau à fleurs et le garçon une chemise grise boutonnée jusqu'en haut. Et les pastilles manquaient. L'homme passa l'index droit sur le plastique comme pour faire adhérer le papier à la pochette et le doigt s'arrêta précisément sous ces deux personnages.

Aline revenait de la cuisine. Il l'entendait s'appuyer sur la cloison pour avancer. Il cacha le document.

Quand elle arriva devant la porte ouverte, il annonça :

— J'ai dosé à dix milligrammes puis quinze ! Je n'ai pas réussi à annihiler la force du venin. Il lui faut une véritable claque pour baisser pavillon ! C'est fou ! Le mamba noir l'emporte toujours ! C'est le roi des serpents. Mais il faut persévérer. Essayer encore. Tant pis pour les échecs ! Sans eux, il ne peut y avoir de réussite.

— Il faudra bien partir, tu sais ! dit Aline, fataliste.

— J'irai jusqu'au bout de ma route ! Je n'ai plus le choix.

Elle le regarda. Elle paraissait calme et sereine. Touchant peut-être quelque chose d'essentiel.

— Je te suivrai où tu iras, mon amour.

XII

— Il fait un froid de canard sur cette dune !

Ange remonta le col de son blouson bleu marine.

— Mais tu verrais ça, l'été ! répondit Jim. Tu peux tirer des bords et te faire un sacré plaisir sur une mer comme ça !

Il désigna un moutonnement au large.

— Mais pas ici, hein ! Y a la barre d'Étel. Les courants sont changeants, les bancs de sable aussi. Un coup à y rester si tu méprises les indications du sémaphore. Tu le vois, là, en face ?

— T'étais pas bien à Carnac ? Qu'est-ce que tu venais faire dans ce coin perdu ?

Jim sourit.

— À ton avis ?

— Te rouler discrètement dans le sable avec une conquête ?

— Quand la température est agréable et qu'il n'y a pas trop de vent, tu te carres entre deux vagues de sable et t'es bien ! Il n'y a personne. L'été, par ici, tu n'as pas d'endroit aussi tranquille. Tu observes un bateau qui rentre. Tu te prends pour un acteur sur la plage de Malibu. Tu te la joues romantique et…

— Ne me fais pas un dessin !

— J'ai fait la saison quatre ans de suite. Après, je suis parti au sapin puis à l'école de police. Voilà.

Il leva le bras et désigna une construction grise.

— La maison de Marie-Claire, ça doit être celle-là.

— Vu qu'il n'y en a pas d'autre, tu dois avoir raison ! dit Ange en rigolant.

— On fait gaffe. Peut y avoir un comité d'accueil.

— Bleu gendarme ?

— Là on arrive côté mer. Il y a un accès véhicule de l'autre côté mais en contrebas. D'ici, on ne peut pas voir et on arrive les doigts dans le nez pile dessus.

— On n'aurait rien à leur dire, hein ?

— Ben non. Sauf que je vois ça mal. Deux flics de Paris en goguette sur la dune, ça ferait tache. Surtout à proximité immédiate de la maison d'une victime !

— Pire encore s'ils nous trouvaient à l'intérieur !

— Trop tôt ! On peut parler des magistrats étant donné que Lorraine n'est pas avec nous ! La perquise n'a pas encore été ordonnée, j'te parie !

— Devrait pas avoir les scellés, vu que c'est pas une scène de crime.

Les deux Mohicans approchèrent lentement. Ils sortirent du repli de la dune. La petite maison de Marie-Claire Sédier était là, adossée à une avancée rocheuse.

— Tu parles d'un endroit anxiogène ! dit Ange.

— Faut voir. T'es quand même tranquillos ! Tu regardes la mer qui change tout le temps. T'as invité quelqu'un. Tu fais la dînette au lit pendant que ça secoue les volets. Elle a la frousse. Elle se rapproche. Après tu inventes ! Tu crées !

— Très peu pour moi ! J'aime avoir davantage de confort !

— En attendant, on fait comment ?

— Même si c'est calme, faut faire gaffe. Comme à Caen, c't'hiver !*

— Moi devant, toi derrière ! dit Jim à voix basse. Enfin sur le côté, vu la configuration.

Il s'approcha de la porte, essaya d'entrer puis il recula et gagna la fenêtre donnant sur le terre-plein. On y voyait bien à l'intérieur et tout semblait tranquille.

Ange s'approcha.

— Pas de voiture, pas de vélo ou de moto. Pas de bruit.

— Il n'y a personne. On met gants et protège-chaussures et on entre ?

— OK, vas-y ! Fais chanter ton rossignol !

Jim trifouilla la serrure avec une tige de métal très particulière, choisie parmi d'autres dans un étui en moleskine noire. Quelques secondes suffirent à désengager le verrou. Jim se mit de côté pour ne pas rester face à l'ouverture et il poussa la porte. Rien ne bougea à l'intérieur.

---

*Lire *Matin blême à Rosporden*, même auteur, même collection.

— Entrez, mon prince ! dit Jim en faisant une courbette.

Ange redressa la tête pour se donner un port altier et il entra. Il pressa le premier bouton électrique et la lumière fut.

— Marie-Claire n'avait pas coupé le courant avant de partir, ce matin-là !

— Donc elle pensait revenir !

— Ou pas pensé ! Ça veut rien dire !

Ange referma la porte d'entrée derrière eux. À droite, il y avait une cuisine un peu petite mais bien équipée.

Sur la table, une corbeille de pain montrait un morceau de baguette. Ange le toucha de l'extrémité de l'index.

— Pas récent. Dur comme du caillou ! Il y a des miettes de viennoiseries.

— Le visiteur a apporté les croissants !

Ange se déplaça vers l'évier. Deux tasses cerclées d'un décor bleu marine étaient posées dans le bac. Un reste de café avait séché dans le fond.

— On est venu la chercher, constata-t-il. Elle a payé un café à son assassin.

— Peut-être !

— T'as raison, Jim. J'anticipe. Donc, on apprend qu'elle ne s'est pas rendue seule aux alignements.

— Et qu'elle n'a pas passé sa dernière nuit à Carnac !

— Ni chez celui qui allait la véhiculer sur le lieu de sa mort.

— Tu crois qu'on pourra prélever de l'ADN sur les tasses ?

— On va déjà les emporter. On verra bien ! décida Ange. On continue la visite ?

Côté mer, il y avait une plus large fenêtre avec ouverture de type vasistas. Tout autour, on avait pointé un champlat de largeur inhabituelle pour recouvrir le bord de l'ouverture qui semblait avoir été reprise pour élargir la vue.

Il y avait une grande table poussée sous la fenêtre, encombrée de feuilles à dessin, elles-mêmes parsemées de crayons, fusains et autres articles pour dessiner. Un grand carton servait de sous-main. Maculé, crayonné, coloré, il était très loin de sa nature originelle.

— Elle faisait l'artiste, la Marie-Claire ! railla Jim.

— Regarde ce qu'elle dessinait, dit Ange. Une tête de cheval. Ils ont autant de dents que ça, les équidés ? On croit qu'il va mordre. Et puis ce crâne avec des yeux de fou. Et là, des croix en rangées comme dans un cimetière. Tout en noir !

— Pas que ! précisa Jim, qui venait de sortir une feuille en A4 où la tache rouge ressemblait à s'y méprendre à du sang séché barbouillé par un doigt rageur.

— Pour un peu, elle se faisait du mal.

— Un peu barge, la nénette, non ?

— Dépressive, on a dit !

Ange repassa dans le couloir et poussa une porte.

— Salle de bains et WC.

— Baignoire sabot à l'ancienne, précisa Jim. Pas de place pour faire rentrer un jacuzzi !

— Brosses à dents ?

— Une seule !

Ils continuèrent jusqu'au bout du couloir.

— La chambre ! annonça solennellement Ange en ouvrant une porte dévoilant un lit à l'ancienne en bois ciré.

— Lugubre, la piaule ! jugea Jim.

— Elle qui ne cherchait plus le bonheur, elle était comblée !

— Une seule place découverte à gauche. Pas d'ébats de folie pour l'ultime nuit.

— Couchée tôt ! Pour être au menhir à l'aube, fallait se lever de bonne heure ! D'ailleurs, elle a laissé les volets fermés.

— Peut-être qu'elle ne les ouvrait plus !

Jim fit le tour du lit.

— Il y a des fringues, là !

Il repoussa la couette repliée en triangle sur la place de droite.

— On dirait qu'elle portait ça la veille et qu'elle les a enlevés avant de se coucher.

Il utilisa une canne métallique télescopique bien utile lors des perquisitions et déplaça délicatement chaque vêtement.

— Un jean, un slip, un pull, un chemisier…

— Il a pas dit, Lando, qu'elle ne portait pas de culotte au menhir ?

— Parce qu'elle est là, répondit Jim.

Il ouvrit délicatement l'armoire à glace dont la vitre était étoilée. Un coup donné en plein centre l'avait morcelée en triangles.

— Un tas de nuisettes ! constata-t-il. On dirait que le paquet a été sorti et remis en place sans ménagement.

— Et ça ? demanda Ange, qui avait plongé la main vers le fond de l'étagère.

Il sortit un paquet de quelques photos en grand format plaqué contre le fond de l'armoire. On y voyait Marie-Claire Sédier sur le sable. En robe légère et courte, ou dans la position du lotus, ou nue, côté pile, côté face. Des clichés artistiques très suggestifs, en noir et blanc, ne cachant rien de son anatomie.

— Si elle se trouvait belle, elle avait bien le droit de le montrer, non ? dit Jim.

— Sauf qu'elle ne voulait manifestement plus se voir ainsi ! En réaction, la glace a morflé grave !

— Fais gaffe en refermant. Pas le moment que tout aille par terre !

Jim joua sur du velours.

— Et ça, c'est quoi ? demanda Ange en montrant une boîte à chaussures encastrée dans le logement de la table de nuit.

— Je vois un carton.

— Tu le sors. Délicatement, hein !

— Dis tout de suite que j'ai des paluches de camionneur !

— Après vérif, il faudra la remettre au même endroit. C'est à ça que je pense !

La boîte résista un peu à cause du couvercle qui était mal positionné. Jim la posa sur le plancher et s'agenouilla. Sous le couvercle apparut un tas de photos en désordre.

— Faut p'têt apporter ça à Lando ! dit Ange.

— Je l'appelle !

Jim sortit son portable.

— Landowski, répondit le commissaire.

— Ben oui, je sais que c'est toi.

— Et alors ?

— Une maison triste, froide, nulle !

— Et puis ?

— Deux tasses dans l'évier avec des traces de café.

— Vous me sortez ça de là. Délicatement !

— Des photos olé olé aussi.

— De qui ?

— D'elle !

— Vous en faites quelques photos et vous les remettez en place. Plus ?

— Le miroir de la chambre a pris un sacré pet ! La proprio a dû s'énerver !

— On va vérifier ses phalanges. Sinon ?

— On a une boîte à chaussures avec des photos !

— Des photos de quoi ?

— Sais pas ! J'ai pas touché. De famille, de souvenirs…

— Apporte !

— Et comment on fera s'il faut les remettre en place ?

— On ne les remettra pas !

— Bon, si c'est comme ça !

— C'est tout ?

— Pour l'instant ! Ah, si ! Il y a les fringues de Marie-Claire sur le lit.

— Et alors ?

— Les habits qu'elle portait la veille probablement.

— Intéressant parce que ça veut dire qu'elle a endossé la panoplie dans laquelle elle est morte avant de partir.

— Y a un slip aussi.

— Ah ?

— Question ?

— Ben oui. Elle est partie comme si elle avait une scène particulière à jouer et qu'elle la connaissait d'avance.

Et il raccrocha. En parlant, il avait déjà saisi le cliché posé sur le haut de la pile. Apparemment, un fragment d'un tirage plus grand.

— C'est elle, tu crois ? demanda-t-il en montrant la photo à son collègue.

Sur le cliché, déchiré sur le côté gauche, il y avait une jeune fille en blouse à carreaux et chaussettes blanches…

XIII

Lorraine était assise à la table ronde et faisait face à Landowski.

— Je ne comprends pas comment tu peux engloutir autant de viennoiseries le matin ! dit-elle à son compagnon, qui lisait le journal.

Il leva les yeux.

— Faudrait savoir ! Tu m'as dit d'aller en chercher pour le petit-déj' !

— Regarde ! Moi, je n'ai mangé qu'un croissant et toi, tu as fini le sachet !

— C'est à manger frais ! Après, ça durcit et c'est pas bon !

Lorraine soupira.

— Nous, les femmes, on doit faire attention à la ligne…

— Je n'ai pas encore de contrat pour faire gravure de mode sur papier glacé !

— Et il y a quoi, dans ton journal ?

— On parle de la chute de Fabienne Darevi. En tombant sur les rochers, elle n'avait aucune chance. Ils ont abandonné la thèse de l'accident et celle du suicide aussi. L'empoisonnement devient le must dans le quartier !

— J'ai eu le proc au téléphone pendant que tu faisais ton petit footing jusqu'à la boulangerie !

— Et il dit quoi ?

— Il traîne un peu les pieds, c'est normal. C'est lui le patron de l'enquête. Pas moi. Le tueur serait rentré par la terrasse et…

— Attends ! Porte fracturée ou pas ?

— Aucune dégradation n'a été constatée. Donc elle l'a fait entrer.

— Que Fabienne Darevi ait reconnu son visiteur, je n'en serais pas surpris, tu vois. On est en bonne compagnie, si j'ose dire. Les Darevi connaissaient Marie-Claire Sédier. Le tueur aussi !

— Comment ça s'est déroulé, selon les enquêteurs ?

— La veuve a fait un vol plané, la tête la première. Ils ont trouvé des traces de frottement en haut des cuisses.

— Il l'a virée par-dessus bord !

— Elle a dû raccompagner le visiteur sans se douter de rien. Finalement, il l'a prise par surprise, piquée et balancée.

Landowski grimaça.

— Il aurait pu l'empoisonner dans le salon. Je ne vois pas l'intérêt de la jeter dans les buissons…

— Moi, si !

— Intuition féminine !

— Il a voulu abîmer son image de femme, la détruire. Il voulait que, morte, elle ne soit plus la belle femme qu'elle était, vivante ! Parce qu'il en avait été amoureux et qu'elle l'avait laissé tomber !

— Bien vu, accepta le commissaire. Et pour Marie-Claire Sédier…

— Il doit y avoir aussi quelque chose comme ça…

— On progresse ! dit Landowski visiblement satisfait.

— Le proc dit qu'ils ont trouvé une tache d'eau au milieu du salon. De l'eau salée. Ce qui conforte l'hypothèse que le tueur soit venu par le bord de mer pour éviter toute rencontre.

— D'où l'équipement adapté qui permet la discrétion et évite les indices.

— Connaissait aussi les lieux ! On n'est plus sur de la criminalité organisée. Le cercle des amis disparus se resserre et les participants tombent comme des mouches.

— Quelle mouche t'a piquée ? C'est pour singer mes blagues à deux balles que tu l'as faite celle-là, hein !

— J'ai aussi de l'humour, moi, Commissaire ! Sinon, la victime était seule. À cette heure-là, le personnel était parti.

— Oui, tiens, le personnel !

— Ben quoi ?

— Faudrait les entendre.

— Les secrets d'alcôve, ça t'intéresse ?

— Au bout d'un moment, on oublie la présence des employés. On ne se méfie plus, on se lâche !

— Il y a une cuisinière qui doit pas beaucoup sortir de sa cuisine !

— Il y a aussi une gouvernante et une femme de chambre. Elles pourraient nous en apprendre ! Surtout si elles ne sont pas très copines !

— Et c'est à moi que tu penses pour leur tirer les vers du nez ?

— Normal, non ? Moi, avec mes gros sabots…

— Je vais voir ça. Sinon les spécialistes n'ont pas relevé d'indices particuliers sur le corps. Le tueur n'a pas voulu laisser de traces.

— Il s'est habillé comme pour trucider le mari. C'est sa manière de procéder. Pour l'institutrice, c'est peut-être lui qui nous le dira quand on l'aura coincé !

— Sur la table basse, ils ont trouvé un mouchoir en papier qui avait été utilisé.

— Le tueur en aurait eu besoin ? Une combinaison de plongée n'a pas de poches !

— Justement, il a pensé s'essuyer les mains. Il en a demandé à madame Darevi et il a oublié le papier. Il a beau avoir tout prévu. Là, il s'est relâché.

Landowski ricana.

— On verra si le résultat est identique à celui de la cordelette, dit-il. Je crois déjà que oui !

— Pourquoi, tu dis ça ?

— Parce qu'il me nargue ! Il n'a pas oublié le mouchoir. Il l'a volontairement laissé sur place. Il sait que son empreinte génétique n'est pas dans le fichier national et qu'on ne pourra pas mettre un nom sur la fiche. Ou alors tardivement, quand il se sera fait la malle, loin, loin, loin ! Je crois que le tueur a vraiment envie que je découvre qui il est. Il cherche un affrontement final et il est persuadé d'en sortir vainqueur. En me plantant là et en disparaissant !

Lorraine souffla.

— Mon pauvre Lando, tu commences à yoyoter, là ! Tu nous joues *Le Choc des Titans* version personnelle. Il faudrait qu'il soit vraiment fondu, le mec !

— Mais il l'est ! Et ce n'est pas fini. Je ne sais pas où il va, mais il y va !

La sonnette retentit.

— Voilà les duettistes ! dit Landowski en se levant pour aller ouvrir.

Ange P. et Jim Sablon entrèrent dans le séjour.

— Y a du café, dit Lorraine. Pour les croissants, vous repasserez ! Votre ami, là, – elle désigna Landowski – ne vous a laissé que les miettes !

Jim leva le bras droit.

— On a tout prévu !

Ils avaient apporté des pains au chocolat.

Ange P. posa la boîte à chaussures sur l'accoudoir du canapé et un sachet plastique sur le coussin de l'assise. On se poussa un peu pour se mettre autour de la table. Lorraine sortit deux petits bols décorés à la bretonne et des petites cuillères, rapporta ensuite une cafetière bien remplie puis elle laissa les nouveaux arrivants se servir à leur guise. Landowski reprit une demi-tasse mais Lorraine déclina la proposition.

— Bon, qu'est-ce qu'on a de nouveau ? demanda le divisionnaire en regardant les deux policiers.

— Comme tu le sais, dit Ange, on revient d'Erdeven. On a fait la visite de bonne heure pour éviter de croiser du monde.

— On a rapporté les tasses, ajouta Jim.

— On a inspecté les lieux, reprit Ange. Intérieur un peu délaissé. Des vieux meubles. Poussière. L'occupante n'a pas voulu en faire un cocon sympa ! Elle dessinait. On a retrouvé des esquisses, des peintures, des crayons, des pinceaux. Enfin, tu vois le genre !

— Dans la chambre, poursuivit Jim, les fringues de la veille posées sur le lit !

— Le mec, il a réussi à lui vendre la clé du champ de tir ! Il lui a apporté un croissant. Ils ont bu le café ensemble puis il lui a fait enfiler des vêtements qu'elle portait quand elle était plus jeune, comme pour une commémoration. Il ne faisait certainement pas chaud de si bon matin. Ensuite, il l'a transportée jusqu'aux alignements. Il l'a attachée au menhir puis l'a empoisonnée !

— Et il l'a regardée mourir…, ajouta doucement Lorraine Bouchet.

Chacun imaginait très bien la scène.

— Mais pourquoi il fait tout ça ! protesta Jim.

— Il présente les factures impayées ! dit Landowski en soupirant. Sauf qu'il n'y a que lui à connaître le fond de l'affaire. Il nous mène par le bout du nez et ce n'est probablement pas fini.

— Il est fortiche quand même, ajouta Ange. Il arrive à les tuer comme s'ils étaient d'accord pour y passer…

— On saura plus tard, conclut le commissaire. Qu'est-ce que vous avez encore ?

— Dans le fond de l'armoire, reprit Jim, des agrandissements de photos de l'institutrice. Tu regarderas mon portable pour les examiner.

— Elles sont anciennes ?

— Elles datent, oui. Des poses artistiques, on va dire. Le photographe avait un certain talent. L'instit les avait fourrées derrière les vêtements au fond de l'armoire, comme si elle ne voulait plus les voir.

— Nostalgie ou problème d'image, expliqua Lorraine.

Les trois hommes la regardèrent.

— Ben oui ! On change et on n'aime pas ça ! C'est probablement pour ça qu'elle a brisé le miroir.

— Faudrait identifier le photographe, continua le commissaire.

— Mais ça peut être n'importe qui ! dit Jim en montrant les photos qu'il avait prises avec son portable.

— Je ne crois pas, dit Landowski. Elles sont travaillées mais le cadrage pêche un peu. L'éclairage aussi. Et puis Marie-Claire rit vraiment sur la dernière, comme si elle s'amusait. Il y a quelque chose de personnel, d'intime aussi. Autre chose que du travail professionnel ou commandé. Le modèle et le photographe se sont éloignés. C'est juste un moment où ça se passe, où elle accepte, où elle prend plaisir à se montrer.

— Ils ne sont pas seuls ?

— Je crois bien que non.

— Et il y en a un qui fait les photos, c'est ça ?

— Ça ne m'étonnerait pas qu'on en trouve ailleurs, de la même série, avec un autre modèle ! Le photographe en a gardé pour lui.

— Je n'ai rien vu dans le salon des Darevi.

— Faudrait jeter un œil dans la chambre à coucher de Madame, je crois bien…

Lorraine se redressa.

— Ah non, Lando ! Faut pas que j'y retourne, quand même !

— Mais si et aujourd'hui encore ! C'est le meilleur endroit pour rencontrer les employées et les enfants du couple aussi. Les patrons passent mais l'intendance continue ! Après le permis d'inhumer, on aura changé de séquence et ce ne sera plus possible de faire ça sans réquisition. On entrera dans la période des funérailles.

— C'est déjà limite, observa Lorraine.

— Le personnel sait que tu as rencontré leur patronne. Tu joues sur ça.

Il toussota comme pour changer de sujet.

— Au fait, tu as vérifié les mains de Marie-Claire ? demanda-t-il à Ange.

— Côté externe, il y a des traces de coupures assez récentes.

— Elle donne l'image d'une femme à la dérive, indiqua la magistrate. Être et avoir été. La maladie l'a transformée physiquement. Son histoire n'était plus intéressante. Elle s'est cachée seule et loin.

— Et un ami de la période idyllique est revenu la sonner ! dit Landowski.

— Pour la tuer ! ajouta Jim.

Un silence pesant s'installa. Chacun repensa à son histoire intime. Comme Marie-Claire l'avait fait.

— Tu parlais de ces photos dans la boîte…, relança Landowski en regardant Jim.

— Ouais, dit-il. J'te montre.

Il se leva, ôta le couvercle de la boîte en carton et revint vers la table ronde. Lorraine enleva la cafetière et l'assiette où elle avait placé les viennoiseries englouties en quelques minutes, et Jim posa la boîte au centre.

— On a rien touché, dit-il. Tu vois, c'est des photos comme tout le monde a chez soi. Sauf…

Il désigna un morceau de photo déchirée.

— … ça !

Lorraine et Landowski se baissèrent pour regarder l'objet.

— C'est la suite, expliqua le commissaire. C'est le fil conducteur de notre affaire. C'est Marie-Claire Sédier qui porte les mêmes habits que le jour de sa mort. Le tueur a dû déposer ce fragment dans la boîte le matin où il est venu chercher l'institutrice. Il en a balancé un autre bout sur Fabienne Darevi…

— …et laissé un autre dans la voiture de Fabienne qui a été retrouvée ce matin ! dit Ange.

— Et tu le disais pas ! protesta le commissaire.

— J'allais le faire. Je viens juste d'aller aux infos. Chaque chose en son temps !

— Alors, vas-y ! Déroule !

— La voiture était garée sur le parking du centre-ville. Devant le musée de la Préhistoire mais dans la partie en contrebas. Il y a peu de passage dans cette partie de l'aire de stationnement hors saison. Personne n'a fait attention. Surtout parce qu'il n'y a pas eu de recherche systématique.

— On ne cherchait pas le cadavre…

— Aux premières constatations, on a retrouvé les chaussettes et les chaussures de Pol Darevi sur le tapis de sol et, sur le siège, un morceau de cette foutue photo en puzzle !

— Il me la faut ! dit le commissaire d'une voix forte.

— T'inquiète ! Ils vont me la faxer avant midi. J'ai prétexté une affaire urgente en cours !

— Ensuite, tu me fais un collage pour voir ce qui s'enquille et ce qui manque. On cherche dans le tas s'il y en a qui peuvent se rapprocher de ce qu'on a.

Cette fois, il soupira.

— Tu sais s'ils ont retrouvé le portable de Pol Darevi ? demanda Lorraine.

— Il était aussi dans la voiture ! annonça Ange. Mais pas que…

— Quoi d'autre ?

— Le smartphone de Marie-Claire Sédier !

XIV

Elle n'a pas bien compris pourquoi.

Il y a deux jours, le téléphone a sonné chez Michèle Penivo. C'était en fin de journée, à l'heure où l'on a enfin terminé de faire ses heures pour un emploi alimentaire. On a des factures à payer. Le plaisir n'est pas au rendez-vous.

Elle était rentrée depuis une heure environ.

La journée avait été harassante. Peut-être aussi parce que la retraite approchait enfin. Avec tous ces changements décidés par des gens que ça ne concernait pas autant qu'elle, elle se demandait un peu à quelle sauce elle serait mangée.

Le travail avait changé. À force de modifications ne respectant pas le personnel, elle aspirait vraiment à ce qu'on lui dise de rester chez elle.

Elle en avait assez d'être importunée au téléphone par des demandeurs compliqués et exigeants. Elle rêvait souvent de les envoyer balader mais elle ne le pouvait pas. Forcément, ça tombait toujours sur son poste parce que ses collègues se dépêchaient de ne pas décrocher. Et comme il fallait que quelqu'un le fasse, elle se dévouait en soupirant.

Et que j'te raconte ma vie !

Curieuse cette habitude de tout dévoiler au téléphone, des choses personnelles, comme dans un confessionnal. Certains interlocuteurs ne voyaient personne de la journée, vivaient seuls, ne parlaient plus à leurs voisins et attendaient du courrier qui ne viendrait jamais.

Alors, s'ils avaient un problème, ils étaient prêts à livrer leur désappointement à la première oreille attentive.

Et Michèle était là, disponible, à l'écoute.

Une fois la porte d'entrée de sa maison franchie, elle était montée se changer. Elle ne supportait pas de rester habillée comme au bureau. Elle attendait aussi de dénouer ses cheveux pour les laisser bouger en liberté. Changer de rôle. Être elle-même.

Ensuite, elle était redescendue dans la cuisine pour préparer le dîner. Charles ne serait pas là avant vingt heures et il aurait envie de passer à table sans trop attendre. D'autant qu'il y avait un match de foot à la télé.

Charles, elle l'avait rencontré trois ans auparavant, au cours d'un voyage organisé qu'elle avait décidé de faire après son divorce. Elle s'était donnée à lui un peu rapidement peut-être mais elle avait tellement besoin d'une épaule accueillante. Et il était si gentil.

Ses enfants avaient fait leur vie. Elle les voyait peu. Ils venaient passer quelques jours pour les fêtes. Ils avaient accepté la présence de Charles avec une réticence bien naturelle. Son aînée plus que la cadette. Elle restait quelque part la fifille à papa.

Michèle allait réchauffer le poulet coco qu'elle avait préparé la veille parce qu'il allait être meilleur et Charles serait content.

Non, elle n'avait pas vraiment compris pourquoi ce copain de leurs vingt ans lui avait passé un coup de fil. Pourquoi à elle et pourquoi maintenant ?

Depuis quelques jours, les souvenirs étaient remontés à la surface et Michèle n'en était pas heureuse. Soulever le couvercle ne garantit pas toujours une découverte merveilleuse. Après tout, ils n'avaient connu ensemble qu'un seul moment d'intimité.

Marie-Claire avait été assassinée au petit matin, elle qui adorait regarder le soleil émerger dans la première brume du jour. Morte bizarrement, adossée à un menhir froid d'une nuit sans chaleur. Exécutée comme une chose à jeter au rebut.

Puis le tour des Darevi était venu. Pol d'abord avec cette image si moche de son corps jeté dans un fossé. Rabaissé à quelque chose de rien. Fabienne ensuite, une si belle femme défigurée par une chute imparable devant le paysage qu'elle aimait tant.

Tous trois avec « injection létale », comme écrivait le journaliste. Des mots terribles et définitifs que ceux à qui ils étaient destinés n'entendraient plus jamais.

Michèle savait que Marie-Claire avait connu une période de maladie particulièrement éprouvante à la suite d'une séparation inattendue mais elle pensait qu'elle s'en était sortie. Non, elle ne l'avait pas revue. Non, elle ne l'avait pas appelée. Et puis

Marie-Claire avait été une rivale redoutable. Pas sûr qu'elle aurait eu envie de la rencontrer. Il y avait des choses dont elle n'aurait pas voulu parler. Et, des fois, on hésite longtemps avant de faire le premier pas.

Dans le groupe à cette époque, les couples se faisaient et se défaisaient d'un week-end à l'autre. Il suffisait de la pénombre d'une salle de cinéma pour créer des rapprochements nouveaux durant une semaine ou deux. Les filles peut-être espéraient le grand amour. L'idée des garçons était ailleurs. Le passage de relais ne semblait pas gêner Marie-Claire. Michèle aurait bien voulu en garder un, de ces hommes en devenir. Peu importait lequel mais définitivement. Son souhait n'avait pas été exaucé et c'était durant la première année de fac qu'elle avait trouvé son futur mari. Celui-là même qui avait fini par en avoir assez de la vie commune après trente ans de mariage. Comme quoi…

Elle se souvenait très bien de Pol. Toujours souriant, blaguant, séduisant. De la tchatche qui allait faire de lui un avocat quelques années plus tard.

Non, elle n'aurait pas voulu vivre avec lui. Ce n'était pas le genre à aimer longtemps. Et puis il lorgnait déjà un beau parti, pour commencer dans la vie sans être obligé d'aller chercher l'aisance financière.

C'est elle, Michèle, qui avait rompu. Si, à vingt ans, elle fermait les yeux sur quelques incartades, elle se voyait mal l'attendre des jours, voire des nuits. Mais elle n'avait pas été très heureuse pour autant. Elle attendait, comme beaucoup de jeunes femmes, d'hommes aussi d'ailleurs, un grain de folie qui ne se trouve que dans les romans à l'eau de rose.

Elle plaignait Fabienne parfois puis elle se disait que l'intéressée n'en avait rien à faire probablement. L'héritière des Desmoutons avait fait un mariage de raison pour que le patrimoine soit sauvegardé grâce à une situation permettant des rentrées d'argent importantes. Et puis, ce mariage ne l'empêchait pas de continuer. Donc de rencontrer, de choisir, de se laisser faire. Chez les Darevi, c'était comme ça !

Le copain qui l'avait appelée, elle s'en souvenait très bien. On n'oublie pas la première fois. Elle avait vécu un moment d'égarement avec lui. Elle n'en avait pas gardé d'ailleurs un souvenir ému. À part de changer de statut devant ses amies.

C'était un soir d'été sur la dune à Erdeven, devant un feu rougeoyant, sous les grandes couvertures rapprochant les unes et les autres. Il n'y avait eu ensuite qu'une nuit en bâton de chaise sur un sol trop dur, et elle n'avait pas souvenir d'un réveil caressant témoignant de l'événement.

De l'avoir, lui, ainsi au téléphone, l'avait troublée. D'abord, elle avait ressenti quelque chose dans son corps puis elle s'était amusée d'être sollicitée après toutes ces années. Ensuite, on était passé sur des choses plus prosaïques. Non, elle n'avait pas pensé qu'elle pouvait être en danger. Elle aussi, comme d'autres. C'est lui qui le lui avait fait comprendre.

Elle n'avait donc pas été effacée de son cerveau pour qu'il l'appelle ainsi. Il avait dit que trois morts signifiaient que le tueur en avait après le groupe qu'ils avaient formé ensemble et qu'il n'avait donc pas l'intention de s'arrêter en si bon chemin.

Un homme de leur âge probablement. Un jeune écarté du groupe pour un motif quelconque. L'école publique contre l'école privée, un quartier contre un autre, un standing contre un autre, la gauche ou la droite, la campagne contre la ville…

Elle avait cherché à identifier le coupable dans ses souvenirs, sans y parvenir. C'était si loin tout ça !

Mais lui, il avait semblé tellement inquiet au téléphone, qu'elle s'en était sentie mal à l'aise en raccrochant. Et s'il avait raison ? Et si l'on s'en prenait à elle ? Charles ne rentrait jamais de bonne heure, à part le vendredi soir. Elle était seule pendant la journée. Entre midi et deux, elle faisait les magasins. Elle aimait regarder les beaux habits, les imaginer sur elle tout en ressortant sans les avoir achetés.

Parfois elle s'asseyait sur un banc au jardin public avant de retourner travailler. Son emploi du temps était réglé comme du papier à musique. Le tueur pouvait ou la suivre ou l'attendre. Puis l'empêcher de crier et la piquer au cou. Comme les autres. L'ancien copain avait bien dit qu'il n'y avait pas de règle puisque le trio de victimes ne paraissait pas homogène. L'inconnu agissait en fonction des occasions. Dépression pour Marie-Claire, promenade à la plage pour Pol, visite inopinée pour Fabienne. Qu'en serait-il pour elle ?

Après toutes ces réflexions, Michèle avait pensé qu'il valait mieux rencontrer son ancien copain. Ils avaient beaucoup de choses à mettre en commun. À deux, ils pourraient se soutenir et construire une stratégie. Peut-être aussi, comme l'avait suggéré son correspondant, essayer de retrouver les survivants, mettre ensemble les souvenirs et tenter de trouver le mobile à cette hécatombe.

Elle a pris son après-midi.

Le copain a dit qu'il arriverait à pied côté Trinité-sur-Mer. Qu'ils pouvaient donc se retrouver après le pont enjambant l'anse de Kerdual, sur le site des anciennes salines. Il y a un parking sous les arbres. Il lui a conseillé de passer à pied par la plage du Men-Du. Ainsi pourraient-ils surveiller leurs arrières l'un comme l'autre et éviter bien des surprises.

Il a dit aussi qu'il fallait reporter la rencontre s'il y avait un doute, un risque, quelque chose d'inhabituel dans ce lieu calme et paisible.

Et là, maintenant, elle est très décidée. Elle se mettra à crier si quelqu'un s'approche. Le copain de ses vingt ans l'entendra et il viendra à son secours.

Mais il fait grand jour et ils ne resteront ensemble qu'un court moment. Quitte à se revoir rapidement. Elle l'a prévenu et il a dit que c'était plus sage.

Mais là, en ce moment précis, elle a un peu peur de sa réaction.

La première minute se passera comment ? Est-ce

qu'il la reconnaîtra ? Et lui, comment sera-t-il ? Beau encore, comme elle l'a connu ? Sera-t-il disponible ?

Elle va ressentir comme un frisson en le voyant. On n'oublie pas les premières étreintes. La mémoire sait ressortir au bon moment les images, les sons, les odeurs. Et les folles sensations que le corps sait si bien fabriquer. Elle se souvient maintenant de sa chaleur contre elle, de sa façon de la serrer, de l'envelopper. De la protéger.

C'était une séquence éphémère. Pas loin d'un acte manqué. Mais c'était celui-là et pas un autre.

Est-ce qu'elle ne va pas avoir envie de lui après toutes ces années ?

Elle marche sur la plage. Avant d'arriver au chemin qui rejoint la route, il y a un gros flotteur de liège autour d'un fanion déchiré, un cordage élimé par les tempêtes, et du plastique agglutiné. Elle y jette un œil distrait en passant au large et elle arrive à la végétation qui marque la limite entre la plage et le premier parking.

En s'avançant un peu, elle le voit.

Il est au milieu du pont. De l'autre côté de la chaussée. Habillé très sport. Il porte un sac en plastique, comme pour faire des courses. C'est lui, à n'en pas douter. Il a un peu forci. Il était plus mince mais l'allure est encore là. Les cheveux sont plus rares mais ça lui va très bien.

Elle le laisse s'engager en direction du bassin ayant servi à l'alimentation des salines dans des temps plus anciens. À supposer que l'on observe, il ne faut pas qu'on les voie ensemble.

Puis elle traverse en courant, quand aucune voiture ne s'annonce d'un côté comme de l'autre.

— Viens jusqu'à moi, dit-il.

Il est descendu dans le fossé pour se mettre à l'abri de la maçonnerie régulant l'amenée d'eau salée. Elle s'accroche un peu, trébuche puis le rejoint. Il lui a tendu la main. Il la tire vers lui.

— Bonjour, dit-il simplement.

— On ne s'embrasse pas ?

— Mais si ! dit-il et il s'exécute.

Elle sourit.

— Il y a si longtemps, dit-elle en souriant.

— On risque gros à se voir, dit-il.

— Mais tu…

— Je sais ! C'est moi qui t'ai demandé de venir mais ça n'empêche !

— Il n'y a personne !

— Trois des nôtres sont morts. De toute façon, nous sommes toi comme moi sur la liste…

— Mais pourquoi ?

Elle le regarde, d'un œil à l'autre, comme pour sonder son cœur.

— Si je savais !

— Tu as quand même une idée.

— Pas toi ?

Elle s'insurge.

— Mais non ! Je ne vois pas ce qu'on aurait fait de mal.

— Les soirées sur la dune…

— On était une bande de copains. On profitait de notre jeunesse. Y avait pas de mal à ça !

— On était très libres. On se baignait nus. On faisait l'amour. On a pu nous voir. On nous a observés. De quoi donner des idées…

— Mais il y a des dizaines d'années de ça ! Qui s'en souvient, à part nous ?

— Ah ça !

Il serra les lèvres et regarda vers la route.

— Il ne faut pas qu'on s'éternise ici. Tu peux prendre des congés ?

— Je peux m'arranger.

— Tu vis avec quelqu'un ?

— Je me suis remise en ménage après mon divorce.

— On devra partir.

Elle sentit comme un frisson.

— Ensemble ? demanda-t-elle.

— Ça te plairait ?

— Ben oui.

Elle a répondu dans un souffle, sentant son destin basculer.

Il s'approche et la prend dans ses bras. Elle se cabre un peu.

— Tu sens bon, dit-il.

Et il la tue.

XV

— Je suis désolée de venir vous importuner en cette occasion. Merci donc de me recevoir.

Les deux femmes étaient assises à la table du salon mais du même côté. Lorraine était en jean et la jeune femme portait la robe noire des employées de maison, avec le petit col blanc brodé. Elle avait les mains croisées posées sur le petit creux du tissu créé entre ses cuisses réunies. D'une voix de circonstance, la femme de chambre dit :

— Je sais qui vous êtes. Vous êtes venue voir Madame, l'autre jour. Je vous ai reconnue. C'est pour ça que je vous ai laissée entrer.

— Il y a quelqu'un d'autre dans la maison en ce moment ? demanda Lorraine en fronçant les sourcils.

— Non, je suis seule. Jeanne la cuisinière est partie au marché. On continue à tenir la maison. Les enfants de Monsieur et de Madame avaient rendez-vous à la gendarmerie. Annie, la gouvernante les a accompagnés.

— Ils ont dormi ici ?

— Oui. Madame m'avait dit de préparer les chambres. Ils arrivaient de loin pour les obsèques de leur papa.

— On ne vous a pas convoquée, vous ?

— Non. Hier, les enquêteurs m'ont posé quelques questions. Mais je n'avais pas grand-chose à leur dire. Je n'étais pas là quand le drame est arrivé.

Lorraine regarda la jeune femme. Elle avait les traits un peu tirés mais un baume savamment appliqué sous les yeux masquait les cernes dus à un sommeil peut-être plus agité que d'habitude. L'avenir professionnel s'était forcément assombri.

Lorraine attaqua de but en blanc :

— Pensez-vous qu'il y avait des raisons de vouloir tuer monsieur Darevi puis Madame ?

Lorraine avait fait sciemment la différence.

— Ben non. Enfin, je ne sais pas.

— Est-ce que leur comportement avait changé ces derniers jours ?

— Monsieur, peut-être un peu.

— Vous avez de la peine ?

La jeune femme se raidit.

— Oui, bien sûr.

— Plus Monsieur ou plus Madame ?

L'employée serra les lèvres.

— Pourquoi vous me demandez ça ?

— Parce qu'on a toujours des affinités différentes !

— Madame était très gentille avec nous trois. Elle donnait quelques consignes mais, dans l'ensemble, elle nous laissait nous organiser. On avait l'habitude. Chacune faisait son travail. Il n'y a jamais eu de problèmes entre nous trois.

— Vous travaillez ici depuis combien de temps ?

— Trois ans pour moi. Annie et Jeanne sont là depuis bien plus longtemps.

— Avant vous, il y avait donc une autre femme de chambre…

La jeune femme redressa la tête.

— Oui, forcément.

— Savez-vous pourquoi ils s'en sont séparés.

— C'est elle qui est partie.

— Savez-vous pourquoi ?

— Ce ne sont pas mes affaires. J'étais surtout contente d'être embauchée !

— Vous faisiez quoi avant ?

— Pas grand-chose justement. Du ménage en saison et chômage ensuite.

— Vous vous êtes présentée spontanément ?

— Je ne sais plus. J'ai fait un essai et j'ai été prise.

— Monsieur Darevi était gentil lui aussi ?

Un frisson presque imperceptible mais pas pour une femme d'expérience comme Lorraine. Touchée, la femme de chambre !

— Euh oui.

Gênée en plus.

Lorraine choisit de jouer la confidente. Elle approcha la chaise.

— Je vais vous dire, Mademoiselle. Je n'ai aucun rôle officiel dans cette affaire. Je laisse ça aux gendarmes. Dans cette pièce, il n'y a que vous et moi. Je veux simplement apprendre comment les choses se passaient au quotidien pour comprendre pourquoi tout a basculé ce triste matin puis encore quelques jours plus tard.

La soubrette hocha doucement la tête.

— Vous pouvez tout me dire, ajouta la visiteuse.

— Mais dire quoi ?

La femme de chambre résistait.

— Je ne sais pas ce qui s'est passé, ni pourquoi, dit-elle d'une voix lasse. Ce ne sont pas mes affaires.

— Je cherche juste à cerner un peu plus la personnalité de vos employeurs, expliqua Lorraine. Un élément anodin peut parfois s'avérer important pour la suite de l'enquête !

— Mais vous m'avez dit…

— …que je n'en suis pas chargée, c'est vrai ! Mais il y a eu un autre meurtre, quelques jours auparavant…

— Madame Sédier !

— Exactement ! Je cherche à mettre en évidence des liens éventuels entre ces affaires. S'il y en a. Trois victimes déjà, c'est beaucoup. Il y a quelqu'un qui a tué. Qui tuera encore peut-être.

La jeune femme sembla se détendre un peu. La magistrate insista :

— Monsieur Darevi connaissait madame Sédier. Elle était venue ici ?

— Oh non ! Madame ne l'aurait pas accepté !

— Pourquoi donc ? Ils se connaissaient depuis longtemps !

— Monsieur rencontrait des gens à l'étude ou ailleurs. Jamais ici.

— Et Madame ?

— Elle faisait pareil !

— Vous les avez entendus parler de madame Sédier ?

— Une fois ! Madame reprochait à Monsieur de rester des heures au téléphone avec elle !

— Il vous en avait parlé à vous ?

La femme de chambre tint bon.

— Mais pourquoi à moi ?

— Je ne sais pas ! Comme ça ! Pour en parler à quelqu'un !

La jeune femme soupira. Lorraine sentait la faille. Elle insista un peu cavalièrement d'un coup de menton :

— Alors ?

La jeune femme baissa les yeux.

— Une fois, Monsieur m'a montré une photo qu'il avait sur son téléphone portable. C'est lui qui l'avait prise. On y voyait madame Sédier au bord de la mer. Elle portait une robe blanche et un chapeau de paille. Voilà !

— C'est tout ?

La jeune femme était visiblement embarrassée. Elle hésitait encore à franchir le pas. Lorraine l'aida.

— Elle était belle, cette photo !

— Vous l'avez vue ?

— Madame Sédier l'avait chez elle !

— Accrochée au mur ?

— Non, elle l'avait mise dans son armoire.

Lorraine scruta le visage de son interlocutrice pour y déceler une interrogation, un étonnement, une satisfaction. Rien !

— Vous aussi, vous auriez voulu prendre la pose ?

— Oui, lâcha la femme de chambre.

On y était !

— Et Pol Darevi vous l'a proposé ?

— Oui.

Elle regarda ses mains posées sur ses genoux. Lorraine était assez satisfaite de sa façon de mener les interrogatoires. Lando serait obligé de l'admettre.

— Et donc, il vous a donné rendez-vous pour faire les clichés. Il vous a emmenée sur la même dune…

— Sur un jour de repos. Je n'avais pas ce genre de robe. Alors il m'en a acheté une. Le chapeau aussi.

Elle sourit.

— Je me suis changée derrière la dune, dit-elle. Il m'a dit que j'étais très belle quand je l'ai rejoint sur la plage. Il m'a positionnée comme il le souhaitait, me prenant par l'épaule ou le bras. Il m'a donné des indications pour redresser la tête, tourner d'un quart, ouvrir légèrement le buste, desserrer les lèvres. Comme un vrai photographe, quoi ! Il a pris plusieurs photos. Il a dit que c'était très bien. Ensuite, il m'a ramenée chez moi. J'avais mon petit garçon à prendre à l'école.

— Vous vivez en couple ?

— Non. Le père de Nathan m'a laissée tomber.

— Ensuite votre patron vous a montré les tirages des photos ?

— Sur son portable, un matin. Sa femme était partie chez le coiffeur. Puis il m'a dit de choisir celle que je préférais.

— Et il en a fait un agrandissement…

— Vous le saviez ?

— Non, j'ai supposé.

— Je l'ai fait encadrer et je l'ai accroché au mur de mon séjour.

— Pol Darevi est venu voir le résultat ?

— C'est moi qui le lui ai proposé. Il est venu un mercredi, je m'en souviens très bien. Vers quinze heures. Je venais juste de me changer.

— Et puis…

La jeune femme fit tourner une jolie bague en argent sur son annulaire et, dans un souffle, elle dit simplement :

— Oui.

Lorraine y était arrivée. Elle savait maintenant qui était le photographe !

— Madame était au courant ?

— De ?

— De la séance photo et de…

— Rien ne lui échappait. De toute façon, le fonctionnement de la maison était calé comme ça. Tout le monde s'en accommodait.

— Vous aussi ?

— Fallait bien. Monsieur savait remercier.

— Il avait des largesses…

— L'appartement où j'habite appartient à la famille. Enfin appartenait…

— Pol Darevi vous l'a légué ?

— Il a fait ce qu'il faut pour que je ne manque de rien.

— Il avait peur pour sa vie ?

— Il était inquiet mais il ne m'a pas dit pourquoi.

— Et le matin de sa mort ?

— Il m'a demandé de le rejoindre dans sa chambre après le petit-déjeuner. Il m'a juste serrée dans ses bras à me faire mal et il est sorti sans se retourner. Il savait très bien qu'il ne reviendrait pas. Ce n'est qu'après que j'ai compris.

— Il vous a dit quelque chose sur le rendez-vous auquel il se rendait ? Sur la personne qu'il allait voir ?

— Non rien, mais…

Lorraine espérait le scoop.

— Un après-midi chez moi, il m'a dit dans l'oreille qu'ils allaient tous partir et qu'il n'en resterait aucun !

— Qu'est-ce qu'il voulait dire ?

— Je n'ai rien compris et il n'a pas expliqué. Il s'est rhabillé sans un mot. Avant qu'il ne s'en aille, j'ai vu qu'il avait des larmes dans ses yeux.

XVI

— Lorraine ?

— Ben oui, c'est moi !

Elle haussa les épaules. Elle venait de sortir de la propriété des Darevi et elle était en train de remonter tranquillement la rue.

— T'es où ? demanda le policier.

— Un peu trop classique, ta question ! Faudrait innover, tu vois ! Là, je rentre ! Je suis à l'appart dans dix minutes.

— Non, tu ne rentres pas !

Lorraine stoppa net.

— Tu viens me rejoindre, dit Lando, péremptoire. Reste où tu es. Jim passe te prendre. Il sera là dans une minute. J'ai parié que tu avais presque terminé ton entretien.

— Qu'est-ce qui se passe ? demanda la magistrate légèrement inquiète.

— Le tueur a récidivé !

— Ah bon ? Où ça ? Qui ?

— À côté du pont qui mène à La Trinité-sur-Mer ! Une femme !

Une voiture de location arriva à sa hauteur. Le chauffeur se baissa pour ouvrir la portière.

— Monte, Lorraine ! Le boss nous attend.

Elle obéit sans poser de question et la voiture redescendit en direction de la base nautique puis Jim s'engagea dans le boulevard de la Plage, roulant vite malgré les chicanes. Virage à gauche en direction de la plage du Men-Du puis accélération pour sortir de la ville.

Le pont était en vue. Le barrage routier et les véhicules de gendarmerie aussi. Jim se gara sur la droite et le duo traversa la route en direction des anciennes salines en faisant attention à la circulation régulée par un gendarme en plastron fluo.

Un planton souleva le ruban coloré marquant la limite de la zone pour les laisser pénétrer et ils approchèrent du petit bassin maçonné jouxtant la route.

— Le corps est dans le tunnel, expliqua Landowski en s'approchant, accompagné d'Ange P.

Se penchant à côté d'une pancarte en bois fatigué indiquant « Alimentation des anciennes salines », il fit un geste en courbure comme pour montrer l'ouverture de la cavité.

— Une femme, tu m'as dit ?

Lando fronça les sourcils.

— Oui. Elle est assise contre la paroi, jambes écartées. Position de poupée. Comme si elle avait glissé lentement, tu vois ?

Pour l'instant Lorraine ne voyait rien. Si. Juste des chaussettes blanches dans des chaussures cirées baignant dans un ruisseau ! Il y avait des gendarmes dans le fossé de part et d'autre du bassin. Des flashes crépitaient et les échanges techniques résonnaient sous la voûte. Les constatations allaient prendre un certain temps. La scène de crime est toujours examinée avec minutie et méthode.

Un officier de gendarmerie qui venait de quitter un fourgon bleu s'approcha.

— Mes respects, Madame le juge. Le commissaire Landowski m'a prévenu de votre arrivée sur le site.

Elle le salua en lui donnant son grade puis elle précisa :

— Je ne suis pas chargée de l'enquête !

— Dans une affaire comme celle-là, toutes les contributions sont acceptées !

Et il s'excusa, l'un de ses hommes posté en face lui ayant fait un signe. Les pompiers venaient de descendre une civière dans le bassin. On l'approcha de l'entrée du tunnel. On y déploya une housse blanche puis le corps de la morte fut installé sur la civière.

Ainsi elle apparut clairement à ceux qui se trouvaient là. Elle était vêtue d'une robe grise, à col blanc et à manches courtes. Une main gantée replaça sur sa tête une sorte de bonnet phrygien qui semblait avoir servi pendant la Révolution française. Une autre disposa le long du corps un curieux objet qui, visiblement, n'avait pas de raison de se trouver là.

Une lance de métal avec une fleur de lys en carton à la pointe…

Le corps rejoignit le fourgon qui s'était approché. L'enquête sur place allait durer encore un peu de temps, même si la voiture de la victime venait d'être identifiée sur un parking situé non loin.

Landowski fit le tour du bassin, regarda en direction du pont puis dans l'autre sens en effectuant une sorte de panoramique. Il était en train de revivre l'arrivée des protagonistes et la scène de crime. Il se demandait déjà de quelle façon le criminel avait pu convaincre la victime de le rejoindre puis d'accepter ensuite de poursuivre la conversation dans le tunnel.

Un quart d'heure plus tard, Jim revint vers la ville avec Ange comme passager. Landowski et Lorraine prirent leur voiture perso et déboîtèrent en tête.

Ils arrivèrent devant l'immeuble où ils avaient leur location. Landowski s'agita.

— Qu'est-ce qu'ils foutent ! pesta-t-il en ne voyant pas ses deux compères.

— Ils ne nous suivaient pas !

— J'ai pas fait gaffe ! admit le divisionnaire. Ils avaient peut-être une course à faire.

— Viens, on va marcher au bord de l'eau. Ils vont bien arriver.

Lorraine prit le bras de son compagnon et ils passèrent sous un porche maçonné pour approcher de l'étang.

— C'est calme ici ! dit Lorraine.

— Calme ? s'étonna Landowski. C'est vrai que les cadavres sont plutôt du genre silencieux…

— La victime, la dernière qu'on vient de voir, elle a aussi un accoutrement particulier…

— Un peu comme Marie-Claire Sédier ! Une sorte de blouse, des chaussures cirées, des chaussettes blanches, un chapeau.

— On dirait une sorte d'uniforme.

— Des pensionnaires de collège ?

— Quelque chose comme ça !

— Et la lance de pacotille ?

— Une panoplie pour une saynète…

— Je la vois mal arriver attifée comme ça au rendez-vous ! dit Landowski. De quoi amuser les autres conducteurs dans le rond-point !

— Elle se serait changée, à ton avis ?

— Va savoir !

Les duettistes arrivèrent enfin. Ils se retrouvèrent tous sur le parking devant la résidence.

— Vous en avez mis un temps ! grommela le divisionnaire.

— On monte à l'appart faire un débrief ? demanda Ange.

— Il fait beau ! dit le commissaire. On commençait une petite balade, nous ! On va au bord de l'eau pour changer ?

Ils longèrent le bord de l'étang comme des promeneurs, puis ils continuèrent vers une sorte de presqu'île herbeuse aussi discrète que déserte. Là, ils trouvèrent un coin tranquille à côté des arbres pour s'asseoir.

— Déjeuner sur l'herbe ! dit Ange.

— Manque le panier en osier et les serviettes à carreaux ! ajouta Jim.

Lorraine s'assit sur une clôture en rondins, à la manière d'une amazone surveillant le dressage de ses chevaux. Landowski s'y adossa simplement.

— D'abord les portables, dit-il. Ange…

— Celui de Marie-Claire !

— Qui dit ?

— Elle fixe un rancard au menhir à Pol Darevi.

— Alors c'est lui qui l'a tuée ! conclut Jim.

— Le problème est que ledit message est arrivé après la mort de Marie-Claire !

— Comment ça ? demanda Lando en fronçant les sourcils.

— Ben oui ! expliqua Ange. Comme si l'envoi du message avait été retardé. S'il n'y a pas de réseau par exemple, l'appareil va attendre et réessayer !

— Plusieurs jours après ?

— Je n'en sais rien mais le mieux c'est que quelqu'un fasse comme si, avec le téléphone qu'il a piqué à la première victime !

— Sauf que faut être un peu limite. Pol Darevi savait bien qu'elle était morte. Il ne pouvait pas gober un truc pareil !

— C'est pour ça que le message dit de contacter un certain Jeannot qui, en cas de problème grave, lui dira tout.

— Donc Pol Darevi veut en avoir le cœur net et il contacte Jeannot…

— Qui lui dit de le retrouver à la Grande Plage !

— Et qui le tue !

— Donc là, résuma Lorraine, ça veut dire que Darevi n'a pas tué Marie-Claire Sédier ! Suffit maintenant d'examiner le portable de Darevi pour découvrir qui est ce Jeannot.

Ange grimaça.

— Bon alors ? dit Landowski en regardant son ami.

— Y a un os !

— Il a tout effacé ?

— Mieux ! On a le portable mais la puce n'y est pas !

Landowski frappa la clôture de sa main ouverte.

— C'est un bon, çui-là ! Quand je vous disais…

— Eh oui, accepta Ange, il voulait bien qu'on retrouve l'appareil mais aussi qu'on tombe sur un bec pour continuer l'aventure. Il a donc pu monter son coup tranquille. Envoyer un faux message, intriguer Pol Darevi, le rencontrer, l'assassiner, transporter le corps, cacher la voiture et repartir avec juste la puce du portable !

— Chapeau, la colo ! dit Jim.

Tout était dit.

— Il y avait quoi sur le morceau de photo ? demanda Landowski.

— C'est le bord gauche du cliché. On y voit trois hommes. Deux sont assis. Le troisième est debout derrière eux. Il porte un nœud papillon sur une chemise blanche. Il est parfaitement reconnaissable. C'est Pol Darevi.

On n'avait pas fait attention à Ange en le voyant trimbaler son attaché-case. Le dossier de l'affaire le suivait partout. Il sortit une feuille en format A4.

— Avec ce dernier fragment, j'ai eu tout le bord gauche. En reprenant les dimensions normalisées des formats, j'ai pu extrapoler.

— C'est pour ça qu'on est à la bourre ! dit Jim. On est repassés à la crèche pour rajouter le fragment retrouvé tout à l'heure sous le tunnel près de la nénette !

— Et vous ne le disiez pas ?

Lorraine apprécia moyennement l'effet de surprise.

— Ben, on n'était pas certains d'y arriver, expliqua Ange. Fallait que les collègues envoient le fichier et que je le mette à la dimension exacte avant de l'imprimer et le coller sur l'original de mon puzzle. Ensuite j'ai fait un agrandissement !

Et il l'exhiba fièrement :

— Le voilà !

Tous les quatre se placèrent face au document posé sur l'herbe. Ange posa le doigt sur la partie droite.

— Le dernier morceau de photo s'intègre en haut et en bas. Exactement avec la partie qui concerne Marie-Claire Sédier et celle de Fabienne Darevi. À gauche, on a la partie qui montre Pol Darevi debout et deux inconnus. Entre les deux morceaux du puzzle, il y a encore de la place pour d'autres personnages.

— D'autres victimes, dit Lorraine en soupirant.

— Probablement puisque, côté gauche, on distingue un morceau de buste assis sur une chaise devant l'avocat et, à droite, un bout de manche blanche touchant la blouse de la dernière victime ainsi que quelque chose par terre qui pourrait être le bout d'une chaussure.

— Il y a un immeuble derrière, dit Landowski en se penchant. Un bout d'escalier et un bout de fenêtre.

— C'est maigre ! dit Jim.

— Pourtant va falloir me trouver où a été prise cette photo, les gars ! Quand on aura l'adresse, on trouvera l'explication à tout ce binz !

— Et fini le jeu de quilles ! conclut Jim.

Comme si tout cela était si simple…

XVII

— Dis, Lando, la fin de la semaine approche !

— Pas si vite ! dit le commissaire, qui s'étirait dans les draps froissés.

— Après ce qui vient de se passer dans le Sud, la section antiterroriste du parquet a été prévenue. D'ici un jour ou deux, ce sera la saisine à tous les coups !

— Et comment tu sais ça, toi ?

— Ma greffière a mes numéros de portable, professionnel et perso ! Elle m'a envoyé un texto sur les deux pour ne pas me rater.

— Pour l'instant, c'est juste une info !

— Dans ces affaires délicates avec ramifications, il faut du monde pour traiter ! D'autant que le pouvoir va demander du contenu. Donc le proc ne va pas tarder à me rappeler sous les drapeaux de la République !

— Je croyais qu'on te foutait la paix en ce moment !

— Sauf que je suis encore magistrate en poste au parquet de Paris !

Landowski se cala la tête en ajoutant l'oreiller de Lorraine sur le sien.

— Tu préfères les grandes affaires aux pet

— Mais non ! se défendit-elle. Et puis, tu très bien te débrouiller avec tes Dupont ! D'ailleurs, tu pourrais décaniller avant moi. Tu as encore un truc sur le feu en Corse, non ?

— Faut laisser mijoter ! Ici, les choses s'accélèrent. Le tueur vient d'avancer un pion. Il veut tellement me repasser !

— Si tu laisses tomber, tu vas sauver la vie des victimes à venir ! S'il n'a plus d'adversaire, il va se lasser.

Landowski s'assit sur le bord du lit.

— Je suis certain du contraire. Il sait qu'il m'a branché et il sait que je vais aller jusqu'au bout !

Lorraine lui apporta un café et s'assit à côté de son compagnon.

— Quelle réputation ! S'agit pas d'être victime de son succès ! Tu vas t'obstiner bêtement. Et si tu dois repartir d'urgence ?

Il ricana.

— Il est allé trop loin. Il saura m'attendre. C'est lui qui décide quand et où il va !

Landowski frappa la couette de son bras gauche.

— Je vais y mettre un terme à son jeu morbide !

Il posa la tasse vide sur le sol et se rallongea.

— Tu te recouches ? demanda Lorraine en se tournant vers lui.

— Et toi aussi !

Lorraine secoua la tête mais elle le rejoignit.

La grasse matinée ne dura pas. On tambourina à

la porte tout en pressant le bouton de la sonnette. Un boucan à faire sortir un diable de sa boîte. Lando se leva d'un bond et courut à la porte d'entrée, qu'il ouvrit d'un coup au mépris des précautions d'usage. La première chose est toujours de savoir à qui l'on a affaire même si l'on s'appelle Landowski !

Ange P. était sur le seuil, seul et hilare.

— C'est quoi ton numéro, là ? demanda le commissaire, visiblement irrité.

— J'ai du nouveau !

Et l'ami policier entra dans la pièce sans se faire prier, juste au moment où Lorraine sortait de la chambre pour rejoindre le séjour.

— C'est toi qui fais tout ce boucan ? dit-elle. T'es pas malade ? Les voisins dorment encore peut-être !

— Désolé.

Landowski se rajustait.

— Pardon, dit l'intrus en prenant conscience tout à coup qu'il n'arrivait pas forcément au meilleur moment.

— Bon, ça va ! dit le divisionnaire en tirant sur le haut de son pyjama pour le remettre par-dessus le pantalon fripé. C'est quoi, ton scoop ?

— Tu paies un café ?

Réaction immédiate.

— Tu veux pas que je te fasse couler un bain aussi ?

— T'énerve pas, Lando ! Je viens t'apporter des infos et voilà comment tu me reçois ?

— Alors ?

— L'immeuble, tu sais…

— Ben oui ! Le mur qu'on voit en fond sur la photo.

— C'est un bâtiment qui appartenait à l'évêché. Il était situé en haut de la rue Monseigneur-Tréhiou à Vannes. Un peu plus loin que l'ancien séminaire. C'est au-dessus du port.

Lorraine posa une tasse de café sur la table ronde.

— C'est pour toi, le café, Ange ! Nous, c'est fait.

Celui-ci sourit et s'approcha, suivi de Landowski, qui traînait les pieds.

— Y a quoi dans l'immeuble aujourd'hui ? demanda-t-il la mine encore renfrognée.

L'arrivée inopinée de son camarade ne l'avait pas mis de bonne humeur.

— Je n'en sais rien, moi ! Le bâtiment nous importe peu dans le fond et le quartier a dû bien changer depuis le temps. Ce qui nous intéresse, c'est que, quand les victimes avaient autour de vingt ans, elles faisaient du théâtre dans les lieux. Une activité mise en place par la MJC ou un truc comme ça.

Là, Landowski se redressa.

— Et pourquoi tu le disais pas ?

— Mais tu…

— Qui t'as filé l'info ?

— Jim a retrouvé une de ses copines de l'école de voile. Il a cherché sur Internet. Pas longtemps d'ailleurs !

— En fin d'année, il ne jette jamais ni agenda ni répertoire !

— Il a même retranscrit les vieux trucs sur son portable !

— Tu vois à quoi s'occupent les gars du 36 quand ils sont en planque !

Ange rigola.

— Il lui a montré le morceau de photo que l'on a, continua-t-il. Elle en a reconnu l'architecture. Elle passait par là pour descendre vers le port de la Rabine quand elle était ado !

— Et il va la revoir, dit doucement le commissaire pour lui-même.

Ange but une gorgée de café et écarquilla les yeux.

— Il est fort de chez fort !

— Lando n'aime que le goudron ! clama Lorraine.

L'intéressé protesta.

— Faut pas exagérer, mais j'aime qu'il ait du corps !

Ange en était à son explication.

— Ce qu'on voit dans le fond, c'est l'escalier d'accès.

— Ils ont fait une répétition en costumes, voire une représentation, puis ils ont immortalisé l'événement en prenant une photo.

— Le fondu qui nous énerve un brin doit être dessus. Sauf qu'il en manque une bonne partie.

— Ou pas.

— Si c'est lui qui a immortalisé l'instant !

— Ils sont bien habillés, fit remarquer Landowski. Fabienne Darevi joue l'avocate. Elle porte la toque. Son père devait déjà être dans la profession. Elle lève la main. Peut-être pour plaider. Il y a un garde, ou une geôlière, qui accompagne probablement un prévenu. En face, on trouvera peut-être l'accusation.

— Ils rejouaient un procès, tu ne crois pas ?

— Des jeunes, des costumes à l'ancienne. C'est pas beaucoup. On risque d'attendre qu'il y ait une nouvelle exécution pour avancer et ça ne me plaît pas des masses. Finalement, on dira « mais c'est bien sûr ! » Et il n'y aura que des cadavres…

— Faut interrompre, dit Ange en soupirant. Mais avec un truc qui date et des témoins qui se font la malle…

Landowski marcha jusqu'à la porte-fenêtre.

— Tu vas prendre le père Sablon par le bras et vous allez vous rendre sur place. Visu des lieux, enquête de voisinage puis visite de la mairie pour l'historique.

— Et après ?

— Il n'y a pas que des morts dans cette histoire ! Donc retrouver quelqu'un qui était là à cette époque. Et qui s'en souvient !

— Quelqu'un qui serait sur la photo ?

Landowski plissa les yeux.

— J'espère que non, tu vois. Des fois qu'on tomberait par hasard sur l'effaceur. Lui, il sentirait le vent du boulet. Ensuite, pour lui remettre la main dessus…

Il ne pouvait pas si bien dire.

Un homme en jogging, les mains dans les poches, semblait flâner du côté des anciens marais salants.

Et il se parlait à lui-même avec une évidente jubilation :

— *Toi, Landowski, tu ne me vois pas. Ou alors pas encore parce que tu as de la visite. Tout à l'heure, quand tu auras jeté un œil vers l'extérieur, tu t'apercevras que je suis là. Je suis toujours là. Nous avons un deal ensemble et je vais gagner la partie. Dommage pour ta clique juridico-policière. Tes proches cultiveront leur jardin secret. Si tu avais bien regardé, tu m'aurais vu au bout du pont. Un badaud de plus mais qui aurait pu te parler du petit couinement qu'a produit Michèle quand l'aiguille a percé son cou à l'endroit idéal pour lui offrir le plus grand des voyages. J'aimerais bien proposer la même chose à ta magistrate préférée. Juste pour la sentir vibrer avant de s'envoler. Peut-être. Qui sait…*

L'inconnu se pencha vers la surface du bassin puis il remonta le regard vers l'immeuble où Landowski venait de s'approcher de la vitre.

– *Nous sommes du même bois, Landowski. Tu sens quelque chose en ce moment. Mes ondes se propagent dans l'air et tes yeux commencent à me chercher. Marie-Claire, Pol, Fabienne et Michèle ont compris qu'ils n'étaient pas de taille. À toi de le comprendre aussi. Mais pour arriver à mes fins, il faut que le fil que je t'ai noué à la patte soit plus serré. Ton regard parcourt les salines en ce moment. Tu y es presque. Un peu sur ta droite et ce sera parfait. Tu y es arrivé ! Là, maintenant tu me vois.*

Landowski recula.

— Il est là, dit-il d'une voix sourde comme si l'autre risquait de l'entendre.

— Mais qui donc ? demanda Lorraine en rangeant les tasses.

— Lui, le tueur !

Lorraine et Ange s'approchèrent.

— Restez loin de la fenêtre.

— On y va, dit Ange.

— C'est à moi d'y aller !

— Preux chevalier, hein, railla Lorraine. Et tu vas prendre du plomb !

— Il n'est pas là pour ça. Il me nargue pour être certain que je ne risque pas de me désintéresser de lui.

— Alors qu'est-ce qu'on fait ? demanda Ange, qui venait de sortir son arme de poing.

— Il sait qu'on n'a aucune chance. Il nous verra arriver.

— Avec la Mannlicher Carcano de ton tireur de Pont-Aven*, on pourrait lui en mettre une ! affirma Ange, qui s'était posté le long de la cloison pour voir sans être vu.

---

*Lire *Nature morte à Pont-Aven*, même auteur, même collection.

— Pas devant une magistrate, quand même ! dit Landowski, qui tentait de donner le change.

Puis il ouvrit brusquement la porte-fenêtre. L'homme, là-bas, fit un signe de la main. Certainement pas un adieu. Juste un au revoir.

Puis il traversa la chaussée et disparut.

XVIII

C'était un appartement modeste, tourné vers le port, que l'on ne voyait pas des fenêtres.

En début de matinée, le commissaire avait pris la route de Vannes pour se rendre sur les lieux où avait été prise la fameuse photo livrée façon puzzle par le criminel.

Comme pour sa visite au petit matin des alignements de Carnac, il avait eu envie de s'y trouver assez tôt dans la journée, juste pour sentir des choses qui disparaissaient au fur et à mesure que le soleil, s'il était visible, grimpait dans le firmament.

Les endroits parlent d'eux-mêmes mais ils se taisent quand on ne les respecte pas. Ils sont discrets et se referment dans leur coquille quand on n'a rien à leur dire. Perception un peu druidique d'ailleurs des éléments naturels !

Landowski avait laissé sa voiture sur la route de Séné, assez loin des bâtiments de l'ancien grand séminaire pour revenir lentement à pied avant d'atteindre l'entrée permettant de contourner le quadrilatère du côté de la chapelle.

Même si le lieu accueillait différentes activités et donc du public, il s'était faufilé pour ne pas attirer l'attention à cause de sa visite matinale. Il cherchait également un peu de sérénité que la nature première du lieu pouvait lui donner.

Il avait eu du mal, d'abord, à retrouver l'immeuble présent sur la photo puisqu'il ne faisait pas directement partie de l'ensemble diocésain et qu'il n'était pas visible de la rue. Une fois planté devant ce qui paraissait être l'endroit en termes de maçonnerie, il n'avait pas identifié les portes et fenêtres. Manifestement, une opération de réhabilitation avait été réalisée, comme sur plusieurs édifices du quartier. L'immeuble avait conservé l'escalier mais les ouvertures avaient été remplacées par des huisseries modernes soutenant des vitres d'un seul tenant pour faire allégeance au style du moment.

Muni du document fabriqué par Ange, le policier incognito avait replacé les personnages dans l'espace. Pol Darevi avec son nœud papillon, les deux garçons assis sur des chaises devant lui ; Fabienne Darevi en robe d'avocat, Marie-Claire Sédier devant le soupirail et Michèle Penivo sur la gauche tenant fermement sa lance.

Ensuite, le commissaire avait pris du champ pour tenter d'imaginer les protagonistes figurant sur la partie centrale encore manquante du document. Il avait pensé à une table ou deux posées au bas de l'escalier pour accueillir la cour. Il avait imaginé les échanges verbaux et les envolées lyriques volontairement accentuées pour la scène.

L'espace vacant restait vaste. On pouvait y caser

une demi-douzaine de figurants. Sinon, la longueur de la scène ne se justifiait pas. À part ces quelques conjectures, il n'avait aucune idée du rôle qu'ils pouvaient y jouer et le plus difficile était encore de les identifier avant qu'ils ne soient un à un trucidés par ce fou furieux qui jouait aux quilles avec ses congénères comme pièces du jeu.

Pour un peu, il aurait pu les entendre parler et rire. Encore que la gaieté ne semblât pas faire partie du moment saisi par le photographe. L'ambiance lourde restait palpable. Si la photo avait été prise pendant le spectacle, le sérieux des participants était somme toute assez naturel.

Jim avait pu se renseigner davantage auprès de son ancienne camarade de jeu. Ange avait cherché à en savoir plus sur cet atelier théâtre et le service culturel de la mairie lui avait été d'un grand secours.

Le ciel gris de l'affaire s'était éclairci peu à peu.

À cette époque, l'évêché, qui subissait l'inexorable baisse des vocations, avait loué l'aile d'un bâtiment pour accueillir en pension des garçons de terminale d'un lycée débordé par son succès ou par la natalité. Il n'avait pas été bien difficile de retrouver trace de Pol Darevi dans les registres de l'établissement scolaire. Pour les demoiselles, il avait fallu étendre le champ des investigations avant de découvrir que les bonnes sœurs de la paroisse de Saint-Patern accueillaient des jeunes filles en pension. Marie-Claire, Fabienne et Michèle avaient été de celles-là.

Facile ensuite de rapprocher les gars et les filles

autour d'une activité commune du mercredi après-midi !

Difficile cependant de dresser une liste de participants. D'autant qu'elle semblait n'avoir jamais été établie. Mais pourquoi donc cette activité culturelle avait-elle abrité l'embryon de cette affaire criminelle hors normes…

Jim et Ange s'étaient partagé le travail afin de répondre à la demande du divisionnaire. À savoir, retrouver des témoins de l'époque. Vivants ceux-là puisque ceux que l'on connaissait maintenant ne l'étaient que par leur statut peu enviable de victime.

Et c'est ainsi qu'ils avaient retrouvé Maria…

— Je vous remercie de me recevoir si vite, dit Landowski.

La retraitée lui sourit. Le commissaire remarqua qu'elle avait deux dents de devant qui se chevauchaient légèrement. Ce qui lui donnait un sourire particulier.

Elle portait un gilet noir sur une robe noire cachant à peine ses genoux. Elle avait fait un chignon de ses cheveux noirs eux aussi. Seule exception à la couleur sombre, un anneau en argent au majeur de la main gauche, sur lequel on pouvait apercevoir des hermines.

— Oh vous savez, je ne vois pas beaucoup de monde. Votre visite fera passer le temps ! Mais ne restez pas debout ! Sinon vous allez repartir trop vite !

Landowski s'assit à la table du salon. Maria Coval fit le tour pour s'asseoir face à la fenêtre.

— C'est ma place, dit-elle en souriant. Comme ça, je regarde au-dehors.

— Vous ne sortez pas beaucoup ?

La dame en noir se redressa.

— Bien sûr quc si ! Je me promène au bord de l'eau. Je remonte la Rabine et je vais jusqu'en ville.

— Vous allez parfois vers le séminaire ?

Son visage s'éclaira.

— C'était mon quartier avant que je vienne m'installer ici, à Kercado, pour me rapprocher de mon travail.

— Et vous faisiez quoi ?

— J'étais lingère ! J'ai toujours fait ça et j'aimais bien.

— Une fois en retraite, vous n'avez pas songé à quitter Vannes ?

— Pour aller où ? En ville, il y a tout. J'ai bien une sœur dans les îles. J'aurais pu aller habiter avec elle. Mais il faut aller prendre le bateau à Conleau. Le golfe, l'hiver, ce n'est pas aussi agréable qu'à la belle saison. Non, non. Je suis bien ici.

— Vous avez été mariée ?

— Oui. Mon mari est mort jeune.

— Des enfants ?

— Un gars, une fille ! Comme le feuilleton !

Elle rit.

— Ils ont fait leur vie. Lui est ingénieur dans les travaux publics. L'aînée, elle est infirmière-chef dans un hôpital à Paris.

— Ils viennent vous voir ?

— Tous les étés ! Ils logent chez ma sœur. Ici, c'est trop petit. Et puis ils aiment la mer !

Un ange passa. L'un et l'autre sentaient que le moment de civilité était terminé.

Curieusement, c'est elle qui osa la première :

— Ainsi vous voulez qu'on cause un peu du passé ?

— Je vous ai dit au téléphone que je comptais sur vous pour me parler de votre ancien quartier…

— C'est donc si intéressant ?

Le policier éluda.

— Vous avez habité longtemps, là-haut ?

— Oh là là ! Des années ! Jusqu'à l'année du bac de mon fils. Ensuite, j'ai cherché un travail où j'étais payée plus cher ! Ça coûte les études, vous savez !

Non, il ne le savait pas puisqu'il n'avait pas eu d'enfant. Pas encore. Sa compagne y pensait pour lui. Les hommes…

— Et vous travailliez pour qui à cette époque ?

— Le diocèse le matin, la mairie l'après-midi. Et le soir pour ces dames qui n'avaient pas le temps de repasser ! Je n'étais pas payée très cher. Fallait compenser par la quantité.

— Je suis allé là-haut, ce matin.

— Il y a eu du changement ! Quand il y avait plein de séminaristes, y avait du mouvement. Et puis, en face, il y avait une entreprise de déménagement. Les camions arrivaient et repartaient mais c'était encore la campagne. Maintenant, il y a des maisons partout.

— J'ai fait le tour des bâtiments.

— Ah ? Mais pour y voir quoi donc ? demanda-t-elle en plissant les yeux.

— Vous vous souvenez de cet immeuble un peu solitaire à l'extrémité du parc ?

— Bien sûr ! J'étendais le linge par là ! L'endroit était dégagé. Il y avait toujours du soleil. Le propriétaire m'avait autorisée. En échange, je devais y jeter un œil pour éviter les intrus. Il n'y avait pas de talus ni de clôture. C'était resté comme avant, du temps du comte.

— Votre propriétaire était de la famille ?

— Pas du tout. Il avait une usine de conserves. C'est lui qui nous logeait dans l'annexe. Un loyer très modique. Je lui repassais ses chemises.

— Cette maison, elle servait à quoi ?

— Elle avait fait partie du grand domaine. Un terrain a été donné à l'évêché. Donné ou vendu, je n'en sais rien. C'est vieux, vieux ! Les nobles ont gardé le bâtiment en question. Madame en avait fait un petit théâtre pour s'amuser, vers 1900, par là. Et après, c'est resté comme ça.

— Et de votre temps…

— Ben, il y avait ces jeunes qui jouaient des pièces le mercredi !

— Ils venaient d'où, ces jeunes ?

— Des écoles. Y avait un professeur de français qui avait organisé ça. Il venait ouvrir la porte. Il ne restait pas longtemps. Il les laissait répéter et il revenait fermer. Il passait l'après-midi avec une institutrice de la petite école. Les pensionnaires étaient bien contents. Ils pouvaient y faire un peu n'importe quoi. L'atelier théâtre n'a duré qu'une année.

— Vous les avez vus jouer ?

— Je venais étendre le linge. Ils se méfiaient au début. Ils pensaient que j'étais là pour les surveiller discrètement. Après, ils m'ont invitée à regarder.

— Ils étaient combien ?

— Une quinzaine à peu près, selon les semaines. Un peu moins à la fin.

— Ils répétaient une pièce en particulier ?

— Du Molière, je crois me souvenir. Ils essayaient parfois autre chose pour s'amuser. Il y avait de vrais artistes dans le groupe !

— Ils passaient des costumes d'époque pour jouer ?

Landowski repéra un petit serrement de lèvres.

— C'était prévu pour la répétition générale mais elle n'a pas eu lieu. Il y a eu des histoires, quelques semaines avant. Je ne sais plus trop pourquoi d'ailleurs. Ensuite, un plus petit groupe est revenu. Ils ont apporté des fripes et ils se sont amusés avec ça jusqu'aux vacances.

— Vous pourriez les reconnaître ?

— Les jeunes ? Ils doivent avoir beaucoup changé ! Comme moi !

— Sur une photo, je veux dire !

Landowski sortit de la poche intérieure de son blouson une feuille de papier pliée en quatre. Il la posa devant Maria Coval et lissa le document pour atténuer les plis.

— Ah, je me souviens ! s'exclama la vieille dame. C'est moi qui l'ai prise, cette photo. Ils m'avaient demandé pour être tous dessus !

Elle fronça les sourcils.

— Mais elle n'est pas complète…

— Eh non ! lâcha Landowski dans un soupir.

— C'était leur dernier jour. Là, c'est Pol Darevi, vous savez l'avocat !

Elle posa un doigt déformé sur le personnage à nœud papillon et elle continua :

— Il avait persuadé son père d'apporter des vieux habits pour jouer un procès.

— Vous pouvez identifier les autres ?

— Les deux qui sont assis devant Pol, ce sont les frères Le Berchec. Ils sont morts dans un accident de voiture, un samedi soir en revenant de boîte de nuit !

Maria déplaça son doigt vers la droite.

— Là, c'est Marie. Euh, Marie-Claire Sédier ! Puis Fabienne Desmoutons et Michèle Penivo. Si je me souviens maintenant de leurs noms, c'est que je les ai lus dans le journal ces jours derniers !

Elle soupira.

— Entre les deux fragments, vous vous souvenez de ce qu'il y avait ? demanda Landowski.

— Ben y avait une grande table ! Ils l'ont prise à l'intérieur. Ils m'ont même demandé un tissu pour mettre dessus. J'ai prêté ce que j'avais. Les chaises aussi !

— Il y avait qui à la table ?

— Me faudrait voir les visages pour que ça me revienne ! Enfin, c'était le tribunal. Voilà.

Elle regarda fixement Landowski et, d'une petite voix, elle demanda :

— Ceux qui manquent, ils vont mourir aussi ?

— Pas si on retrouve à temps celui qui fait ça…

Elle tapota la feuille de papier juste au-dessous de l'image de Pol Darevi.

— Là, il y avait… Comment il s'appelait celui-là, déjà ? Sa femme est assise à côté de lui. Il l'a rencontrée à l'atelier théâtre et ils ne se sont plus quittés. C'était le plus intelligent de tous. Un fort en sciences. Ils sont partis en Afrique et ailleurs, longtemps. Ils sont revenus habiter à Carnac, je crois.

— Et son nom vous revient ?

— Comme celui du jeu des Mille Francs !

— Roger Lanzac ?

— Presque !

— Manzac, Ranzac, Pansac…

— Non, non. Avec un s ! Lansac ! Et pas Roger ! Jean !

Enfin une éclaircie…

XIX

— Alors, il est satisfait, mon Lando ! susurra Lorraine.

Réaction au quart de tour.

— Eh dis, toi ! J'suis pas le caniche à sa mémère !

— Ah, il aime pas, hein, le macho ! C'est un dur, un tatoué ! Hou, hou, j'ai peur !

Elle se mit à danser devant la fenêtre.

— Bon, tu arrêtes maintenant ! J'ai besoin de toi.

— Enfin un bon sentiment ! J'aime quand tu ne peux pas te passer de moi.

— J't'ai raconté mon entretien avec la lingère de Vannes. Tu sais, Maria. Je ne connais même pas son nom de famille. Elle a parlé d'un élève qui figure sur la photo à côté de sa future femme.

— Fait pas l'tour, je sais ça !

— Attends ! Ange m'a laissé un texto tout à l'heure…

— Pendant que j'étais dans la cuisine, bien sûr…

Lorraine se frappa le front.

— Forcément, la cuisine, c'est notre domaine à nous, les boniches !

Landowski soupira.

— Mais kes' tu m'veux à la fin ?

— Des fois, j'en ai un peu assez de nos trucs de fourmis. On va par là ; on revient par ici. On s'occupe, on meuble. Et le temps passe !

— Comme pour tout le monde, Lorraine ! Tu en parles à Adam et Ève si tu as une réclamation à faire !

La magistrate leva les yeux au ciel.

— La police, la justice. Pfut ! Fini, tout ça ! Emmène-moi sur une île déserte ! On construira un bungalow comme Robinson. De la terrasse, on contemplera le soleil couchant. On pêchera dans le lagon. On élèvera des tortues. On boira du lait de coco. Tu me feras un enfant. Pour commencer.

Tout sourire, Lorraine s'arrêta de parler. Landowski semblait un peu décontenancé. Pour dire quelque chose, il lança :

— C'est ton quart d'heure…

— Mais t'en as pas marre, toi, de tout ce sang, de ces meurtres, de ces fondus qui ne pensent qu'à tuer ? Et nous, on leur court après. Des fois, on les rattrape et on les colle en taule mais la relève prend la place et on remet ça !

— Si, parfois, en convint le divisionnaire. Mais c'est le métier que j'ai choisi…

— Et l'affaire que tu t'es foutue sur les bras en ce moment, tu ne peux pas lever le pouce et la filer à quelqu'un d'autre ? J'aimerais bien t'avoir pour moi toute seule. D'où le concept d'île déserte ! J'ai un break de deux semaines au plus. Toi, tu vas certainement repartir en Corse. Ensuite, on ne sait même pas. On ne se verra pas. Ou alors à Roissy, Tombouctou ou aux Kerguelen !

Elle inspira fort.

— On est venus ensemble à Carnac. Pour faire quoi ? Des vacances ? Non ! Une enquête…

— On va pas le laisser continuer non ?

Lorraine soupira bruyamment.

— Ben non, on ne va pas le laisser continuer. Mais parfois…

Elle s'approcha à toucher de la baie vitrée et regarda silencieusement au-dehors. Landowski se plaça tout contre elle.

— Excuse-moi, Lorraine ! Chuis un peu…

Elle se retourna et ils s'enlacèrent.

— Et tu avais besoin de moi pour… ? demanda-t-elle.

— Oh, ça ne fait rien. Je vais me débrouiller.

Elle se détacha de lui.

— Tu préfères retourner jouer aux cow-boys avec tes deux acolytes, c'est ça, hein ?

— Mais tu t'emballes toute seule. Je veux qu'on finisse cette histoire ensemble. Ensemble !

Lorraine marmonna puis elle demanda :

— Et c'est quoi, ta proposition bidon ?

— Pas bidon. Sérieuse. Maria m'a parlé d'un certain Jean Lansac.

Elle rit.

— Désolé, pas de parenté avec ! Ce monsieur, il est sur la partie de la photo que le tueur ne nous a pas encore envoyée. Il faut aller le voir avant qu'il y passe lui aussi.

— Et tu veux que je vienne avec toi ?

— Un couple qui arrive sans prévenir, ça passera mieux que si je me pointe avec mes gros sabots. Il a une femme, ce monsieur. On peut distraire l'un pour parler à l'autre et en apprendre davantage sur le tueur.

— Tu voudrais faire dans la dentelle, si je te comprends bien.

— Et tu es partante ?

— Attention, hein ! Uniquement si tu n'oublies pas ce que je t'ai dit ! Tout !

— L'île déserte, c'est ça ?

Il leva le bras gauche pour se protéger le visage comme si elle allait le frapper.

— Je te déteste ! dit-elle en filant vers la chambre.

Un peu plus tard, elle retrouva Landowski posté devant la baie vitrée. Il regardait intensément la photo-mystère.

— Tu espères faire apparaître les absents grâce à ton pouvoir magique ?

— Pouvoir magique ?

— Je viens de le vérifier !

Elle plissa les yeux.

— On y va ? demanda-t-elle.

Ils descendirent l'escalier, le commissaire en tête,

vigilant et affûté. Celui d'en face pouvait fort bien avoir une nouvelle idée. Ils rejoignirent la voiture sans croiser le moindre Terminator armé d'une mitrailleuse lourde.

Lorraine se mit au volant, Landowski préférant se trouver côté trottoir pour intervenir en cas de problème.

— T'es armé ? s'étonna-t-elle.

— Sortons couverts, vaut mieux !

La voiture remonta vers le centre-ville puis la conductrice la gara sur le parking de l'espace culturel Terraqué, entre deux autres véhicules en se mettant bien au fond de l'emplacement. Discrétion et anonymat !

Ensuite le couple emprunta une venelle étroite derrière le bâtiment avant de se retrouver place de la Clusaz devant Le Chaudron, offert dans le cadre du jumelage en 1998. Encore quelques rues étroites et discrètes avant de parvenir à l'entrée sans portail d'une allée ombragée. Sans empressement, ils parcoururent une centaine de mètres avant d'arriver dans une cour en terre battue se situant sur l'arrière d'une maison qui semblait assez banale et qui aurait volontiers accepté un bon petit nettoyage de printemps.

Sur le côté droit de la cour, il y avait quelques dépendances dont chaque partie avait été ajoutée au fil du temps. Ambiance cabane bambou. Les portes en bois étaient toutes fermées, les peintures écaillées, les oculus poussiéreux et les abords négligés.

Pour accéder à la maison côté cuisine, il y avait un petit perron de trois marches. Avec Landowski légèrement en retrait sur sa gauche, la magistrate sonna.

Ils attendirent.

Ils commençaient à penser qu'il n'y avait personne dans la maison quand ils perçurent des bruits se rapprochant dans ce qui devait être un couloir. La porte s'ouvrit enfin sur un homme plutôt grand qui portait des lunettes particulières, à la manière des dentistes posant une prothèse. Il y avait un bloc grossissant amovible fixé devant l'œil droit et un clapet occultant la vision de l'œil gauche.

— Oui, bonjour, dit l'homme en écartant le dispositif oculaire sur la droite.

— Nous cherchons monsieur et madame Lansac. Est-ce bien ici ?

— Oui. À qui ai-je l'honneur ?

— Je vous présente le commissaire divisionnaire Landowski. Je suis Lorraine Bouchet, magistrate au parquet de Paris.

— Je suis enchanté par tant de sollicitude ! Mais c'est trop ! Un gendarme aurait suffi pour me dire que j'avais enfreint les règles de la circulation quand je suis allé faire mes courses ! J'avoue que je ne fais pas très attention à toutes ces indications. Disons que mon esprit est bien ailleurs !

— Il ne s'agit pas de cela, monsieur Lansac, dit Landowski. Nous venons vous voir à la suite des crimes dont vos anciens et anciennes camarades de classe ont été victimes.

Lansac se redressa et ôta ses lunettes spéciales.

Ainsi, il ne ressemblait plus au docteur Mabuse mais à un retraité encore bel homme.

— Si vous le permettez, dit-il, comme s'il faisait un cours, je précise que j'ai pu être en classe avec les hommes mais pas avec les femmes. Nous parlons ici de temps révolus sans être très anciens. La mixité est une évolution des choses qui a pris un peu de temps pour s'installer sans choquer les esprits revêches de quelques bigotes !

Il sourit de sa belle envolée et il ajouta :

— Je ne pense pas vous être d'une quelconque utilité dans votre entreprise mais vous pouvez entrer. Je vous demanderai simplement de ne pas trop élever la voix. Ma femme est très malade et quand elle arrive à dormir un peu, c'est toujours ça de pris.

Jean Lansac s'effaça pour les laisser passer et il les invita à continuer jusqu'au bout du couloir. Quand ils furent tous les trois dans le salon, il referma la porte en l'accompagnant de l'autre main pour éviter tout heurt sonore.

Il les fit asseoir devant la table massive et il remarqua aussitôt le regard de ses visiteurs.

— On a eu beaucoup de mal à la faire entrer ici, dit-il en tapotant le plateau de bois. C'est du cœur de baobab. Des indigènes l'ont sculptée, baignée dans une mixture dont j'ai vainement cherché à identifier les composants, présentée dans une cérémonie à leurs divinités puis emballée comme une relique et transportée vers le port pour l'embarquer sur le bateau du retour.

Il attendait une réaction qui ne vint pas. Il paraissait fatigué mais son regard était vif et mobile.

L'hôte soupira.

— Ah oui, ces pauvres amis sont morts. C'est la loi des séries. En tant que scientifique, c'est un concept qui m'est bien familier.

Il fronça les sourcils, qu'il avait fournis.

— Vous cherchez à connaître l'auteur de ces méfaits, j'imagine !

— Nous enquêtons, dit Landowski très banalement. Ceux-ci, vous les avez revus depuis vos années d'école ? Récemment, je veux dire ?

— Pas beaucoup, voyez-vous ! Ni de près, ni de loin !

De la main droite, il déplaça une brochure de voyages, faisant glisser ce qui pouvait être un passeport et il approcha une boîte de mouchoirs en papier. Il en retira un en le secouant pour l'ouvrir puis il se moucha consciencieusement avant de le jeter dans un cylindre de cuivre ouvragé ressemblant à une douille d'obus.

— Vous savez, Madame, Monsieur, les camarades d'école, on ne les choisit pas. Et s'il n'y avait que cela. C'est la déclaration à l'état civil qui définit une classe d'âge. Une fois la séquence institutionnelle terminée, il n'y a pas lieu de faire perdurer une proximité imposée.

— Pol Darevi était-il dans la même classe que vous en terminale ?

— Depuis la seconde, mon cher monsieur. Nous avons fait nos humanités ensemble comme on dit ! Faut dire que c'était déjà un orateur. Un peu fatigant, peut-être ! Ces beaux parleurs ont une propension à se faire détester à la longue. Et le vent de la parole se disperse bien vite…

Pol Darevi ne semblait pas être pour lui une perte immense.

— Et sa femme Fabienne ?

Il s'anima.

— Elle, c'était une Desmoutons ! D'ailleurs, elle l'est restée. Elle a longuement expérimenté les relations entre homme et femme avant de se rabattre sur Pol. Son père n'aurait pas voulu d'un garagiste ou d'un plombier. Imaginez le repas du dimanche en famille ! Passe-moi la clé de douze, ah, ah !

Il s'amusait de son humour grinçant.

— Mais en terminale…

— Ils se sont connus à l'atelier théâtre. Je pense que c'est plutôt de cela dont vous voulez parler, non ?

L'homme sourit. Il avait des dents ternies, presque grises.

— Ma femme Aline était copine avec elle, reprit-il. Enfin, jusqu'au moment où on a commencé à sortir ensemble. Les garçons encore en herbe, c'était le domaine réservé de Fabienne. Paraît que ça a continué.

Il se mit à rire comme un farfadet. Un rire de crécelle, désagréable.

— Et Michèle Penivo ? lança Lorraine.

— Ah, celle-là ! Elle était arrogante, une future castratrice ! Je ne l'aimais pas. Durant les répétitions, elle donnait des ordres et, si je m'éclipsais avec Aline pour conter fleurette, elle venait nous chercher !

— Elles fréquentaient quel établissement scolaire ?

— Elles étaient toutes à l'école des filles. Du côté du Bon-Pasteur, si je me souviens bien !

— Le drame a commencé par la mort de Marie-Claire Sédier, relança Lorraine. Vous vous souvenez d'elle ? Elle était comment ?

— Très gentille. Effacée même. Elle a été une institutrice respectée et aimée.

— Que pensez-vous des circonstances de sa mort ?

— Ben, ça s'est passé comme ça. Peut-être pour se changer les idées, elle s'intéressait à l'ésotérisme depuis son sérieux problème de santé. Du genre à vouloir regarder béatement le soleil se lever. Peut-être que ça a un rapport. Peut-être un accident aussi…

— Vous avez passé des vacances ensemble ?

— Des vacances ?

Il fronça les sourcils.

— Ah oui ! Vous voulez parler du cabanon de ses parents à Erdeven ! On y allait à quelques-uns. Pol avait un an de plus que nous. Il avait son permis. Il nous véhiculait.

— Vous restiez plusieurs jours ?

— C'est arrivé, mais pas souvent. Et seulement en comité restreint.

— Et ça se passait comment ? demanda Lorraine.

Lansac rit franchement.

— Alors là, ma p'tite dame, on touche à l'intimité de la jeunesse qui avait parfaitement intégré la libéralisation des mœurs ! Le nudisme était à la mode. Les communautés héritées de 1968 aussi. Disons qu'il y avait un mélange savant de participations mutuelles se calant assez intelligemment sur le rythme des marées !

— Et Pol Darevi prenait des photos ?

Lansac leva la main droite.

— Uniquement de l'artistique ! Les filles se voyaient en vedettes ! Il restait assez pudique. Certains de ses clichés sont superbes ! Malheureusement, il voulait être un peu trop en osmose avec son modèle pour atteindre la perfection. Donc il avait tendance à butiner. Avec Aline, nous avons changé de plage…

— On vous en a tenu rigueur ?

— Pas vraiment. C'était l'été de toutes les transitions. En septembre, on ne se retrouverait plus sur les mêmes bancs. Chacun regardait déjà vers son nouvel horizon.

— Avez-vous une explication à ce qui se passe depuis deux semaines ? demanda le commissaire.

Il vit les mâchoires de Lansac se contracter aussitôt.

— Ah mon pauv' monsieur ! Je crains que non ! J'ai vécu trop longtemps à l'étranger pour suivre le parcours de chacun. Et s'il y a eu des événements pouvant conduire à ce qui se passe, je serais bien embêté pour vous en parler.

Fin de non-recevoir après un discours assez flamboyant.

— Vous faisiez quoi en Afrique ? demanda Lorraine, prenant l'air d'une gamine émerveillée.

Lansac fut aussitôt conquis. Le charme fou de Lorraine…

— Je menais des recherches pour classifier les espèces des reptiles lacertiliens carnivores.

La magistrate ouvrit de grands yeux dans lesquels les hommes tombent facilement.

— Lequel par exemple ? demanda-t-elle.

— Le varan entre autres.

Lorraine se souvenait d'avoir vu ces grosses bestioles dans un reportage sur l'île de Komodo. Elle n'en était pas fan !

— Cela supposait de pratiquer des prélèvements pour en étudier la chaîne cellulaire, continua-t-il. Il y a toujours des petites différences entre les espèces. L'intérêt de l'étude est justement d'en identifier les similitudes et de mettre en exergue les différences.

— C'est un travail de chimiste !

— Je dirais de fourmi biologiste !

— Et ça ne vous manque pas ?

— Il y a un temps pour chaque chose. Actuellement, je mets au propre mes travaux pour la postérité ! Je reproduis certaines de mes manipulations, dont j'ai noté tout le processus, et j'affine ainsi les résultats. C'est important d'être extrêmement précis. La science ne se gargarise pas de l'à-peu-près !

Il avait élevé la voix dans un élan lyrique.

— Mais c'est qui, ces gens ? demanda tout à coup une femme à la permanente au ton mauve, qui venait d'ouvrir la porte.

— Entre, Aline ! Ces personnes s'intéressent à mes travaux. Prodigieux, non ?

L'épouse grimaça.

— Pas la peine de faire tant de bruit pour si peu. Mets-les dehors. Je retourne me coucher.

Landowski et Lorraine se regardèrent. L'ambiance était déjà particulière. Là, elle était vraiment plombée.

— Excusez-la ! plaida Lansac. Elle est très malade.

Il se redressa.

— Mais bientôt nous allons partir loin.

— Vous voulez prendre des précautions par rapport à ce qui se passe ? demanda le commissaire.

— Non, non ! C'est prévu depuis un moment déjà. Un grand voyage, c'est ce qu'elle voudrait. Et surtout ne plus revenir. Nous avons vécu à l'étranger les trois quarts de notre vie. Ici, le thermomètre est trop paresseux. Mais bon, en ce week-end de Pâques, ce n'est peut-être pas le moment rêvé. Les trains, les avions, la grève…

Il se leva.

— Le soleil lui fera du bien ! conclut-il.

Les visiteurs le suivirent jusqu'à la sortie et prirent congé.

— Curieux bonhomme, dit Lorraine en revenant vers la voiture.

— Il n'a pas tout perdu des cours de théâtre !

— Même s'il paraît triste à certains moments, il a conservé une certaine prestance.

— Une haine rentrée aussi, dit le commissaire. Tu as vu ? Il ne pleure pas ses anciens partenaires de scène. Maria a dit qu'il y avait eu des histoires avant la fin des répétitions. Le dernier acte semble être en cours.

— Et lui, tu crois qu'il leur en voulait ?

— C'est possible. Il regrette peut-être tout simplement de n'avoir pu exprimer tout son talent !

— On ne tue pas tout le monde pour une représentation annulée !

— Il y en a quand même un qui est en train de le faire !

— Je t'ai vu empocher quelque chose en partant. C'est quoi ?

Landowski esquissa un sourire.

Et il exhiba un petit sachet en plastique avec, à l'intérieur, un mouchoir en papier en disant :

— Un concentré d'ADN !

XX

Landowski avait mal dormi.

Encore un sale coup de la pleine lune. Il avait secoué les draps vers trois heures du matin. Trop chaud puis trop froid. L'oreiller avec. Comme-ci puis comme ça. Puis sans. Pas de résultat tangible. Lorraine dormait toujours. Il n'était pas dans ses bras.

Un moment, il s'était levé pour boire un verre d'eau. Il était resté un quart d'heure à regarder au-dehors. C'est beau une ville, la nuit. En revenant vers le lit, il avait été jaloux de voir Lorraine à la respiration régulière dormir si tranquillement.

Là, il venait de revenir dans le séjour. À quoi bon s'obstiner ? Il dormirait une autre fois. Quand il avait de l'adrénaline à revendre, il ne pouvait fermer l'œil.

Pourtant le calme du matin régnait sur le paysage. Les anciens marais salants, la ville remontant sur la butte en fond de décor. Quelques oiseaux, quelques phares de voiture. Des travailleurs de la nuit et des lève-tôt qui se croisaient. Tout ce qu'il fallait comme clichés pour le réveil serein d'un dimanche de Pâques s'annonçant pluvieux.

Quelque part, ici ou là et partout, les enfants

allaient courir dans le couloir, pénétrer dans la chambre des parents et se jeter sur le lit en exigeant de partir illico à la recherche des œufs de Pâques.

Des fois, ça lui manquait terriblement.

Le commissaire se gratta, puis il fit quelques mouvements, s'étirant avec soin et expirant d'un souffle sonore en tentant de se caresser les pouces des pieds des doigts tendus à l'extrême.

Puis il se redressa d'un coup, comme un diable fatigué de rester dans sa boîte. Sous son crâne, il avait un paquet de neurones insatisfaits de se courir après et de bouillir sans conclure. Ceux-là mêmes qui lui avaient pourri sa nuit.

— Pâques, grève, train, avion, voyage…

Il se mit à réciter ces mots comme une litanie en accélérant le débit puis il ricana. Il n'était pas d'accord. On ne lui ferait pas un petit dans le dos. Non, non. Pas de ça, Lisette !

Il récupéra son portable, abandonné sur la table ronde puisque Lorraine n'en voulait pas dans la chambre, et il appuya sur le contact enregistré correspondant à Ange P.

— Mais décroche ! insista-t-il devant la communication qui ne se faisait pas assez rapidement à son goût.

Il tourna autour de la table. Un ours mal léché dans une cage trop petite. Le temps de faire encore quelques enjambées nerveuses et l'ami policier émergea au bout du fil :

— Oh, Lando, t'as vu l'heure ?

— Mais, Ange, c'est l'heure du laitier !

— J'ai pas passé commande !

— J'ai…

Ange le coupa :

— C'est dimanche de Pâques, Lando ! Tu le sais, ça ?

— Bien sûr que je le sais ! Tu te souviens ?

— Mais oui, le grec qui m'a filé une bastos dans l'épaule avant que tu le fumes à la régulière ! Mais y a vingt piges, Commissaire !

— Oui. C'est plutôt l'heure d'aller au parc pour ramasser les œufs en chocolat !

Il entendit un soupir.

— Vas-y ! Tu feras ça très bien ! Je me rendors ! Salut !

Et Ange P. raccrocha.

Calme de courte durée et rappel insistant du divisionnaire.

— Dis, Lando, c'est quoi ton truc de ouf pour aujourd'hui ?

— Si je te dis passeport, avion, voyage, tu penses à quoi ?

— Rien. Je dors.

— Maintenant, ce n'est plus aussi vrai ! Alors ?

— Que tu pars au soleil ! Envoie-moi une carte ! Salut !

— Et si je dis train, grève ?

Ange ne s'en sortirait pas.

— Que demain, lundi, c'est pas le jour ! dit-il d'une voix pâteuse.

— Tu as gagné. Tu réveilles Jim illico !

Il imaginait Ange P. se redressant dans son lit, les yeux écarquillés et avec une envie de meurtre libérateur.

— Oh, Commissaire ! Toi, tu fais ta nuit ! Tu ronfles avec bobonne, papattes en rond ! Nous, on dort à peine ! On est rentrés à l'aube ! Jim avait un plan pour qu'on profite un peu de l'ambiance locale ! On s'est bien marrés ! Maintenant on va se reposer toute la matinée puisque c'est dimanche !

— Reportée à demain, la grasse ! J'ai besoin de vous sur le pont dans une demi-heure !

— Mais pour quoi faire encore ?

— Avec Lorraine, on a vu Lansac hier !

— Lanzac ? Il est plus à la télé !

— Laisse tomber. Le mec du mouchoir, t'as déjà oublié ? Il a employé les termes que je viens de te citer. Mardi, la France sera au ralenti à cause des grèves. Pas question de prendre un train, un avion. Dès lundi, ça commence à mollir. Le chercheur de caïmans, on lui a bougé ses lignes. Il va pas attendre que ça sèche ! Il va se barrer ce matin avec sa bourgeoise brushing violet !

— Mais pourquoi il ferait ça ?

— Mais pourquoi pas ? On lui a filé la trouille. Et puis, il veut pas tremper là-dedans. J'en sais rien. Mais dans son planning biologique, il décanille ce matin. C'est affiché pour moi !

— Et on aura du soleil sur le coup de midi, monsieur Météo ?

— Sérieux ! J'ai besoin de vous deux. On va se le sauter au petit-déj' !

Ange souffla comme une baleine.

— Mais, Lando, t'es branque ou quoi ! Tu te fais des idées avec un mec que tu as vu dix minutes et voilà qu'on va lui jouer la livraison des chocolats de Pâques façon RAID !

— S'il se barre, on sera marron !

— Pourquoi il partirait ?

— Sa femme est malade plus plus ! Elle ne quitte pas le lit. Pourtant tu la vois entrer dans le salon avec un brushing couleur ! Excuse-moi mais pour quelqu'un qui passe la journée au lit, faut avoir un projet en cours !

— Et tu vas dire quoi aux autorités ? Que t'as eu une idée fulgurante, une vision ?

— Je réfléchis !

— Ben faudra plus ! C'est une zone gendarmerie, ici. Tous les trois, nous sommes des flics en poste à Paris. Et pas dans les mêmes crémeries ! On n'a pas de commission rogatoire. On n'est chargés d'aucune mission. Le mec en question, on n'a rien contre lui. Il est juste une victime potentielle du tueur. Là tu fais mieux que les feuilletons américains !

Landowski répondit calmement :

— Mesure conservatoire en attente des résultats d'analyse.

— Mais qu'est-ce que tu espères ?

— Je veux qu'il reste un peu avec nous. C'est pas trop demander, si ?

— Si tu décides à la place d'un juge, tu vas t'en souvenir ! Ils vont te saquer comme t'imagines même pas !

— Si j'ai des résultats, personne ne me dira quoi que ce soit !

— Toujours ta grande théorie, hein ! Fais gaffe au coup de trop !

— Ce ne sera pas celui-ci !

— T'en as touché un mot à Lorraine de ton idée géniale ?

— Elle dort.

— Quand elle va apprendre ta nouvelle lubie, elle va t'en voter des subventions ! Elle va avoir le proc, réveillé en sursaut un dimanche à cause de pieds nickelés qui s'ennuient dans le Morbihan et qui se lancent dans des conneries ! Des mecs de notre poids, t'as pas idée ! Le temps va passer à l'orage !

— Cool, Raoul !

— Et qu'est-ce je fous de ta demande d'analyse génétique ? C'est parti en urgence. J'ai secoué le labo la veille d'un week-end prolongé pour exiger un traitement rapide. J'ai inventé des trucs, parlé de politique et de sécurité nationale ! Tu peux pas attendre mardi matin ?

— Le binoclard spécialiste des monstres à carapace sera déjà parti au soleil avec mémère brushing. J'en suis certain. Tu pourras toujours courir pour lui poser les questions qui fâchent.

— Et si le mec, il porte plainte ?

— Je prends tout sur moi. J'aurais pris une décision pour maintenir un témoin à la disposition de la justice.

— Avec ça, on n'ira pas bien loin ! Si, toi aux Kerguelen à compter les manchots et nous deux aux archives à bouffer la poussière ! Y en a qui vont se marrer à la DGSI et au 36, tu peux me croire !

— Quand t'auras fini de gémir…

— Ben oui, on arrive. Qu'est-ce que tu veux que je te dise !

— Qu'on a perdu du temps en formalités ! On se retrouve devant la mairie dans trente minutes et…

— Dis à Lorraine de prévenir le proc. Histoire d'éviter les galères ! J'suis pas motiv' pour le banc de nage ! J'ai mes rhumatismes, mon pauv' monsieur !

— Vingt-cinq minutes !

Et Landowski raccrocha.

— T'en fais du boucan, dit Lorraine quand il retourna dans la chambre pour prendre ses affaires.

— C'est rien ! Rendors-toi, mon amour !

— Là, tu dois nous faire une poussée de fièvre, dit-elle en refermant les yeux.

Landowski avait déjà quitté la chambre.

Il se rua dans l'escalier. Pas question d'être le dernier au rendez-vous qu'il avait lui-même fixé.

Sur le parking de la mairie, il retrouva ses deux compères. Ange rongeait son frein. Jim, chiffonné de partout, somnolait encore.

— C'est à deux pas, dit Landowski.

— On va se balader dans la rue avec l'équipement ? demanda Ange, le visage fermé.

— Gilet à la main, arme à la ceinture. Gants Mapa. On y va.

Il les planta là.

Quelques minutes plus tard, le trio remonta l'allée menant à la maison du couple Lansac. Dans la cour, il y avait un utilitaire de couleur claire, le capot contre la porte de l'un des appentis.

Landowski fit deux signes. Ange et Jim se postèrent de part et d'autre de l'entrée selon un scénario bien assimilé, et le commissaire monta les trois marches du perron. Lentement, il manœuvra la poignée pour ouvrir la porte qui ne montra pas la moindre résistance. Il tira sur la sangle de son gilet pare-balles pour le serrer davantage et il sortit son arme.

Une fois dans le couloir, il sentit tout à coup une odeur de produit chimique. Si Lansac était déjà à l'ouvrage à cette heure, Landowski venait de faire la bourde de sa carrière. Lansac en robe de chambre voyant arriver un Robocop ! Génial !

Il avança prudemment. L'orientation de la maison ne permettait qu'une clarté un peu timide. Il parvint jusqu'à la cuisine. Il n'y avait rien sur la table. Pas de trace de petit-déjeuner. Pas d'odeur de café. Il continua vers le salon où Lorraine et lui avaient été reçus. Il poussa la porte restée entrouverte. Il n'y avait personne. Par la fenêtre du fond, il aperçut Jim dans le jardin, paré à toute fuite éventuelle de ce côté.

Il revint sur ses pas et se posta à la dernière marche de l'escalier. Il resta immobile et écouta. Silence total. Il décida d'aller visiter l'étage. La première marche revendiqua son droit d'aînesse en grinçant un peu mais rien ne bougea dans la maison. Le commissaire se mit à monter chaque degré en cherchant le bord du mur. Une fois sur le palier de l'étage, il vit plus clair. Une fenêtre au bout du couloir en était à l'origine.

Il ne savait pas par quel bout commencer. Il s'en tint aux règles policières et choisit la porte la plus proche, juste en face de l'escalier.

Il se colla contra la cloison pour ne pas se trouver dans l'ouverture, et posa la main sur la poignée. La porte ne résista pas. Le policier la poussa de la paume puis, puisqu'il n'y avait toujours pas de mouvement, il se décala lentement pour jeter un coup d'œil à l'intérieur de la chambre.

Les Lansac, mari et femme, étaient allongés sur le lit.

Le commissaire se figea. L'un et l'autre étaient en pyjama. Bleu marine avec veste pour lui, rose pisseux genre babygros pour elle. Une seconde, le visiteur du matin crut qu'il s'était planté dans les grandes largeurs. Sauf que la femme avait vomi sur elle et que le chercheur avait les yeux révulsés.

Landowski rengaina son arme, rajusta ses gants de latex et s'approcha du lit côté épouse. Il avança la main gauche vers le cou très blanc de la dame et y chercha le moindre battement. Il n'y avait qu'un petit point de sang. L'épouse était morte. Il fit le tour.

Jean Lansac n'était pas en meilleure forme. S'il avait ouvert sa bouche si grande, c'était pour happer de l'air qui ne voulait plus y entrer. Sur son cou, en dessous du maxillaire droit, il présentait le même minuscule point rouge de sang séché. Dans sa main serrée, il tenait encore une seringue de petit modèle, dont le réservoir était vide.

Landowski n'eut plus de doute. Non seulement ils étaient morts tous les deux mais il semblait bien que le mari eût tué sa femme avant de se donner la mort.

Il appela ses deux collègues, qui arrivèrent à l'étage rapidement.

— T'avais raison, dit Ange à Landowski, ils avaient vraiment l'intention de se faire la malle !

— Toi, ça va !

— On fait quoi maintenant ? demanda Jim, qui rêvait d'un lit douillet.

— On ne touche à rien et…

— … on prévient la brigade ! dit Ange.

— Pas question ! répondit le divisionnaire.

— Ben, tu l'as ton tueur ! Il a compris que tu lui collais aux basques. Il a pas voulu passer par la case prison sans toucher les vingt mille ! Il s'est fait un cocktail un peu corsé. Une piquouse pour elle, une pour lui ! Balzac !

— On dirait !

— Bon alors ?

— On fait le tour du propriétaire. Il a parlé d'expériences. Il doit avoir un laboratoire perso.

— La cave, dit Jim d'une voix lente.

— On y va, décida Landowski.

Dans le couloir menant à la salle à manger, il y avait une porte sous l'escalier. On ne la repérait pas facilement puisque le panneau de bois coupé en pointe épousait parfaitement l'ouverture. Pas de serrure, pas de poignée. En fait, il suffisait d'appuyer sur la porte discrète pour la faire s'ouvrir d'elle-même, comme les placards modernes.

Landowski utilisa la lampe de son gilet pour descendre l'escalier. En bas, on arrivait dans un local qui ressemblait à tous les sous-sols du monde. Il y avait un ensemble d'objets hétéroclites, tous aussi indispensables les uns que les autres mais qui n'avaient pas servi depuis des lustres. Plus loin, une paroi en briques créait un espace de stockage pour une belle quantité de bouteilles de vin couchées dans leur berceau pour un repos quasi éternel.

Puis on arrivait devant un mur enduit percé d'une porte métallique très lisse entrant parfaitement dans la feuillure du bâti. Une serrure à barillet protégeait l'ouverture.

Les trois intrus restèrent silencieux devant le coffre-fort.

— Faut trouver la clé ! dit le commissaire, qui passait la main sur le chambranle.

— Une bastos et c'est bon ! ajouta Jim, soucieux de ne pas s'éterniser.

— Et derrière, t'as un truc qui explose et on se retrouve en culottes courtes ! dit Ange.

Landowski leva la main et arbora une clé plate.

— La clé, on ne la cache pas. Sinon on ne la retrouve pas ! expliqua Landowski, assez fier de sa trouvaille.

D'un geste ample, volontairement ostensible, il enfonça la clé dans son logement puis il la tourna un, deux, trois tours.

En tirant sur la clé, il ouvrit la porte et le local s'éclaira automatiquement.

La pièce était toute en longueur et étroite. Le mur était encombré d'étagères chargées de bocaux. Il y avait là une collection importante de reptiles et de batraciens conservés dans une solution adéquate. Sur la gauche, il y avait un congélateur bahut en fonctionnement.

Landowski souleva le couvercle.

Il n'y avait guère de glace à la fraise dans le fond du bac inox. Juste des vipères enroulées comme des tuyaux d'arrosage et quelques mygales en sachets pour l'apéritif. Des fioles aussi conservées dans un bac à alvéoles. On y voyait des produits opaques solidifiés par le froid ; les étiquettes ne comportaient que des chiffres et des lettres.

Landowski referma le congélateur. Il avait comme une envie de déglutir, celle que l'on ressent parfois juste avant de vomir.

— On sort de là ! dit-il.

— T'as raison, dit Ange, ça pue la mort !

Une fois sous les hourdis apparents de la dalle du rez-de-chaussée, Ange dit :

— T'en as pas vu assez, Lando ? Lansac fabriquait ici les poisons dont il avait besoin pour tuer ses victimes. Pour finir le flacon, il a filé un coup d'arbalète à sa femme et il s'est inoculé la dernière dose ! On appelle les archers et on rentre.

— Oui, on rentre ! ajouta Jim.

Landowski ne bougeait pas.

— Alors, Lando, insista Ange.

— Disons que nous avons bien avancé. Seulement, il n'y a pas de tablette dans le local, ni de chaise. En faut une pour poser les fioles, doser les composants, préparer la seringue. Puis une trousse pour transporter le tout discrètement et sans risque.

Il regarda ses collègues.

— Et je ne vois rien de tout ça !

Jim soupira pour montrer sa lassitude.

— Il faisait ça debout ! dit-il pour éluder.

— Pas dans la maison ! dit Ange. Voulait pas que sa femme tombe dessus !

— Dans l'appentis situé juste devant la voiture ! dit Landowski.

Tout à coup bien réveillés, les deux compères se ruèrent vers l'escalier. Le divisionnaire les suivit à son rythme. Quand il les rejoignit, la porte de garage était ouverte, la lumière allumée et les policiers hilares dans la position des trappeurs du Grand Nord.

Devant l'établi, il y avait une étagère avec cinq fioles ne comportant pas la moindre indication, une boîte en métal avec des seringues et une trousse arborant une croix rouge. La boîte hermétique ressemblait à celles qu'utilisaient les infirmières quand elles venaient faire des piqûres à domicile au siècle dernier et la trousse à celles que l'on trouve aujourd'hui dans la boîte à gants des voitures garnies d'un nécessaire de premiers secours.

Tout à coup Jim, qui s'était absenté, rentra dans le garage.

— Dans le véhicule, y a deux combines, une de plongée et une plus légère façon surf ! Rincées à l'eau de Javel ! L'odeur est forte, boudiou !

— Rien d'autre ?

— Si, des gants, des chaussons. Le tout en néoprène.

Landowski fronça les sourcils.

— Je retourne dans la maison, dit-il.

Ange et Jim se regardèrent. Ce n'était donc pas fini.

Landowski quitta les dépendances. Devant la cuisine, il s'arrêta. Le salon était à droite. Il connaissait l'endroit et il n'avait rien remarqué de spécial en ce lieu. La cuisine, c'était une cuisine et donc pas le lieu pour manipuler des produits dangereux. Et sur la gauche ?

Il y avait un WC puis une salle d'eau. Il avait vu une salle de bains à l'étage. Il entra donc dans celle-ci. Il comprit aussitôt qu'il avait trouvé ce qu'il cherchait. Il y avait une table avec des gants, des ciseaux, des scalpels, une bassine, une planche à découper, une lampe. Un véritable cabinet médical.

Et puis, posés sur la plaque de verre, deux objets importants.

Il y avait un cahier tenu ouvert par une règle de métal sur un tableau. Sur la page de gauche, le nom des victimes. Sur celle de droite, des colonnes indiquaient des volumes exprimés en millilitres, la dernière étant le total de la ligne.

Il y avait aussi une pochette en plastique renfermant un agrandissement annoté de la photo intégrale du groupe de théâtre prise par Maria, la lingère.

Il y avait enfin une paire de ciseaux posée à côté de quelques fragments photographiques. Les pièces manquantes du puzzle.

XXI

— T'en as mis un temps !

Lorraine s'arrêta net au milieu du séjour.

— Dis, Lando, t'es un peu gonflé de me dire ça ! Mets ton jogging et viens courir avec moi. Je te laisse sur place quand je veux !

— Pas certain ! J'ai des talents cachés !

— Mais bien sûr !

La magistrate souffla fort en se pliant de manière à toucher le bout de ses chaussures de ses doigts serrés. Geste de famille, apparemment.

— Si j'ai traîné un peu, expliqua-t-elle, c'est qu'il y a un voilier qui a été drossé à la côte.

— Où ça ?

— Plage de Légenèse. Pas loin de chez Darevi-Desmoutons. Il faudra certainement lui passer un câble pour le tirer de là.

Elle s'étira.

— Il reste du café ?

— Sinon, on en refait, dit-il.

— Le proc ne t'a pas rappelé ?

— On s'est tout dit hier sur place.

— Heureusement que je suis arrivée avant qu'il ne soit sur les lieux ! Il t'aurait fait ta fête devant les gendarmes !

— Il aurait eu raison, vu que je venais de déranger les bâtonnets du mikado alors que c'était pas mon tour !

— Tu as eu de la chance sur ce coup-là !

— Tous ceux qui gagnent ont…

— On la connaît, celle-là !

— Tu peux l'inviter à boire un verre pour fêter ça. L'assassin a tué sa femme et s'est donné la mort. Fin de la procédure criminelle. On rentre à Trévignon. Puis toi à Paris, moi à Figari.

Lorraine fronça les sourcils.

— Tu as des nouvelles ?

— Non mais je ne m'inquiète pas, ça va tomber ! J'aime bien la Corse en mi-saison, tu vois !

— Cette intervention au saut du lit, ça t'a pris comme ça ?

— Il y avait un grain de sable dans les rouages. J'aime pas quand ça grince.

Lorraine revint de la cuisine avec deux mugs.

— T'en veux ?

— Toujours.

— Il a bien caché son jeu ! dit la magistrate en se chauffant les mains à la céramique.

— Je reste toujours perplexe devant la détermination de ces mecs-là. Consciencieusement, Lansac préparait ses potions dans sa minuscule salle d'eau. Il mélangeait des venins exotiques avec un dosage savant pour créer une synergie, ou un conflit je ne sais pas trop, entre les substances afin de décupler la synthèse. Imparable et définitif. Ensuite, il regagnait son domicile comme un retraité. Il rangeait son petit matériel au-dessus de l'établi. Il rinçait ses vêtements de plongée et il rentrait chez lui pour consigner le résultat du jour en face de la posologie prévue. Un véritable apothicaire !

— Le rapport d'analyse sera intéressant à lire ! en conclut Lorraine.

Landowski hocha la tête.

— Faut quand même les avoir détestés pendant des dizaines d'années pour, méthodiquement, leur faire péter le cœur comme ça !

— Il n'avait plus rien à espérer ! Sa femme était très malade. Pas d'enfant. Plus d'argent. Juste quelques rêves.

— Et une tonne de rancœur !

En discutant, ils s'étaient rapprochés de la baie vitrée.

— Demain on ira à Vannes pour un dernier débrief au Palais, dit simplement le policier.

— Ensuite, on profite ! s'exclama Lorraine. Je vais prendre ma douche !

Et elle s'éclipsa, guillerette.

Elle s'était à peine glissée sous le jet brûlant que Landowski fit irruption dans la salle de bains.

— J'ai un truc à faire ! dit-il. Je t'appelle.

Et il claqua la porte en partant.

— Faudrait l'attacher à un poteau ! dit Lorraine, l'éponge végétale à la main.

Mais le divisionnaire était déjà arrivé à la voiture.

— Ange, dit-il au téléphone, je retourne à Vannes pour parler avec la lingère.

— Y a un blème ?

— Sais pas encore. Vous m'attendrez sur le parking en bas de chez elle. Prenez Lorraine.

Il ne s'éternisa pas. Pour rejoindre la voie express au départ de Carnac, c'était souvent un peu galère. En milieu de matinée, la circulation serait plus fluide sauf que l'on était en fin de week-end de Pâques et que les Parisiens allaient rentrer chez eux.

Tout au long du parcours, il se repassa le film de l'histoire. Il était en colère contre lui-même. Comment avait-il pu se laisser berner à ce point ?

XXII

— Vous alliez sortir ? demanda Landowski en constatant que Maria la lingère avait serré un fichu noir sur ses cheveux.

— Ben oui ! J'ai des courses à faire. Forcément, vous les hommes vous préférez mettre les pieds sous la table que tenir la poêle !

— Je peux entrer ?

— Puisque vous êtes venu pour ça !

Elle s'effaça et le policier entra. Maria et lui firent les quelques pas nécessaires pour rejoindre le salon sans un mot. Ambiance jeu de go.

Puis ils prirent les mêmes places que le jour du premier entretien. Il la trouva un peu fatiguée.

— Jean et Aline Lansac ont été retrouvés morts hier, balança Landowski.

Maria ne réagit pas.

— Vous n'avez rien à dire ? demanda Landowski.

— Je suis censée être au courant ?

— La presse, la télé…

— Je ne suis ni l'une ni l'autre.

— Votre avis ?

— Je suppose que c'est la suite logique des événements dont on a parlé l'autre jour…

— Chez eux, on a retrouvé du poison violent et un carnet où les assassinats étaient consignés. On peut y lire le nom de la victime avec en face le sexe, l'âge, le poids estimé, le volume de la dose à injecter ainsi que la composition précise du mélange. Il y a même, en secondes, le temps de réaction attendu.

— Ce qui est assez normal pour un scientifique…

— Il était aussi froid quand il était jeune ?

— Il avait un air sérieux avec ses lunettes.

— Il n'en porte pas sur la photo.

— Aline les avait mises dans sa poche !

— Il avait des raisons d'en vouloir ainsi à ses camarades de classe ?

Maria haussa les épaules.

— Il y a toujours du tirage dans les groupes. Et puis ils avaient le sang chaud à cet âge-là ! On se tâte, on expérimente. On se construit. On aime et on déteste !

— Vous avez parlé d'histoires l'autre jour…

— Des rivalités, forcément, pour savoir qui était le leader.

— Pol Darevi ?

— Il avait l'argent pour lui. Avec ça, il fidélisait ses troupes !

— Les filles aussi ?

— Elles rêvaient toutes de lui ! Ce qui lui donnait le choix ! Et puis il avait une voiture.

Maria tapota la table devant elle.

— C'était la dernière période d'insouciance. Après les vacances, ils iraient à l'université ou ailleurs. Ils rentreraient dans le rang. Le travail, la vie de famille, c'est ça qui les attendait. Ils le savaient bien.

— Vous saviez qu'Aline était malade, ces derniers temps ?

— Je l'ai appris, je ne sais même plus par qui, d'ailleurs. Elle avait été soignée ici à Vannes puis ramenée chez elle.

— Grave ?

— Sans espoir. Peut-être que Jean Lansac n'a pas voulu qu'elle se voie partir. Il en était amoureux. Vraiment.

— Et il se serait suicidé ensuite ?

Elle regarda le policier en coin.

— L'enquête a dû vous le dire, non ?

— Les résultats des autopsies ne sont pas encore connus.

— Ah oui…

Landowski avait apporté son dossier. Il en sortit une photocopie de la fameuse scène du procès.

— On a trouvé ça chez lui.

— Là, vous avez tout le monde ! dit-elle en approchant la feuille vers elle. Dommage qu'elle soit en noir et blanc. Et en grand, c'est encore plus sinistre.

— C'est tout ce qu'on a.

— À l'époque, je l'ai vue en couleurs mais on ne me l'a pas laissée.

Elle releva la tête.

— Les survivants ne connaissent pas leur bonheur, dit-elle en soupirant.

— Pour quelle raison, à votre avis, il a mis un terme à son entreprise de mort ?

— Ben vous êtes allé le voir, je suppose ?

— Exactement !

— Il a senti le vent du boulet comme disait mon père ! Personne n'a envie de finir ses jours en prison !

— Il pouvait fuir, disparaître…

— Il n'aurait pas laissé sa femme. Il a donc fait un autre choix. Je ne peux rien vous dire de plus !

Maria recula sa chaise.

— C'est pas l'tout. J'ai mes courses à faire et y a pas grand-chose d'ouvert aujourd'hui.

— Vous ne m'avez pas tout dit ! lança Landowski.

— Alors c'est que vous ne m'avez pas demandé.

— L'autre jour, je ne disposais pas de la photo complète.

Le policier posa le doigt sur un personnage qui paraissait plus jeune que les autres. Il portait des bretelles sur une chemise trop grande pour lui, une chemise d'ouvrier agricole un peu grossière, comme dans les films.

Il paraissait jouer le rôle de l'accusé. Un magistrat semblait s'adresser à lui. Peut-être était-ce la lecture de l'accusation ou la sentence.

Peu importait réellement puisque c'était une photo posée.

— Alors ? insista Landowski.

— C'était un membre de la troupe.

— Il n'a pas été assassiné.

— Oh non ! dit-elle.

— Vous semblez avoir un faible pour lui, non ?

Maria sourit tristement.

— Il était en avance dans ses études. Il était peut-être plus fragile. Plus sensible plutôt. Les autres en profitaient. Je n'aimais pas ça.

— Les problèmes qu'il y a eu à la fin du trimestre, il en a été l'objet ?

— Les filles avaient préparé une méchante surprise mais c'était une idée de Pol Darevi. Ils ont mimé une scène de théâtre. J'ai pris la photo. Pol a dit : « On en fait une autre. » Et c'est là qu'elles l'ont aspergé de boue. Il est resté immobile, pétrifié. Les pinces des bretelles se sont ouvertes. Le pantalon est tombé. Elles ont ri. Tout le monde a ri. Sauf lui et moi.

— Ce n'était qu'une plaisanterie de potaches, non ?

— Sur une proie facile. Je n'ai pas apprécié.

— Et ensuite ?

— Elles se sont moquées puis ils sont tous partis se changer en le laissant là.

— Et vous ?

— Je lui ai dit de venir chez moi pour se laver. Il a enlevé ses vêtements en bas de l'escalier. Je l'ai fait entrer dans la petite baignoire que j'avais dans mon logement et je l'ai frotté avec du savon de Marseille. De la boue, il en avait partout. Ensuite, je lui ai donné une grande serviette pour se sécher et je suis retournée chercher ses vêtements. Les autres les avaient cachés.

— Ils étaient encore sur les lieux ?

— Ils avaient déguerpi, les salopiots ! J'ai retrouvé ses habits. Il est retourné au pensionnat et, forcément, il a été puni pour son retard.

— Et l'atelier théâtre a été supprimé…

— Voilà.

— Est-ce que vous avez su ensuite pourquoi il avait subi ça ?

La retraitée soupira.

— Dans ces groupes, il y a parfois un souffre-douleur. Ce n'était pas méchant, sauf que ce n'était pas très glorieux non plus.

— Lansac n'a pas tenté de le défendre, de les arrêter ?

— Ni lui ni un autre. C'était Pol Darevi qui tirait les ficelles. Il les véhiculait à la plage. Il payait les consommations. Il apportait les sandwiches, les gâteaux.

— De quoi se faire bien voir des filles…

— Il n'avait que l'embarras du choix !

Landowski attira la photo vers lui et posa le doigt sur Lansac.

— Curieux quand même ce qui s'est passé !

Maria se raidit.

— Pourquoi vous dites ça ?

— Les futurs Lansac sont restés assis sans réagir.

— Manifestement, lui, il l'a fait plus tard. Une fois rentré en France.

— Faut une sacrée mauvaise raison…

— Aline aimait bien le garçon à qui c'est arrivé.

— Elle aurait reproché son attitude à son mari et il se serait décidé à faire table rase ? C'est possible, ça ?

— Il était prêt à tout pour Aline et il avait les outils…

Maria resta assise à la table. Landowski se leva et alla jusqu'à la fenêtre. Maintenant, que vienne l'heure…

— Il vous a ému, dit-il sans se retourner.

— Comment ça ?

— Quand vous l'avez vu nu dans votre baignoire.

— Je l'ai trouvé beau, oui.

— Il est rentré en retard au pensionnat. Ce n'est pas simplement à cause de cet épisode malheureux, n'est-ce pas ?

Maria rejoignit le commissaire devant la fenêtre.

— Vous voyez le bouleau là-bas vers la rivière ? Je ne sais pas pourquoi mais ils ne l'ont pas coupé.

— On aperçoit les pies qui construisent un nid.

— Je suis allée dans ma chambre, continua-t-elle. J'ai défait mon chignon pour libérer mes cheveux et je me suis allongée. Il est entré et il m'a rejointe. Il a été un peu maladroit au début puis je l'ai aidé à prendre son temps.

Maria leva les yeux comme si elle cherchait à retrouver les images cachées dans les nuages.

— Et ensuite ?

— C'est là que je suis allée chercher ses vêtements. Mon voisin m'attendait au bas de l'escalier. Il m'a traitée de putain. La semaine suivante, le propriétaire m'a demandé de quitter les lieux à l'été.

Elle se tourna vers Landowski.

— Mais je ne regrette rien, vous savez !

— La bague en argent que vous portez, c'est lui ?

Maria hocha la tête.

— Il est revenu un jour à l'été. Pour alors, j'avais emménagé ici. Il me l'a passée au doigt. Ensuite il a disparu.

Landowski commençait à être un peu gêné. Il y avait des choses qu'il ne lui appartenait pas de connaître. Il retourna s'asseoir. Maria se retourna et s'adossa à la fenêtre.

— Vous me jetez la pierre, vous aussi ?

— Ce ne sont pas mes affaires. J'enquête sur une série de crimes et je m'en tiens là.

— Alors vous voulez savoir la suite, n'est-ce pas ?

— Si vous vous sentez d'attaque pour tout me dire…

— Disons que je savais bien qu'il faudrait en passer par là.

Maria reprit sa place devant le commissaire.

— Il a attendu des dizaines d'années pour revenir me voir. J'étais toujours là. Il avait rencontré Lansac lors d'une conférence à Buenos Aires. Ils s'étaient promis de se revoir en France. Ce qu'ils ont fait. Ils s'étaient trouvé des positions communes. C'est ce qu'il m'a confié.

— Dans le but de réaliser une vengeance ?

— L'un avait le projet et l'autre l'instrument. Disons que je vois ça comme ça.

— Il vous a demandé de l'aider ?

— Il m'a demandé si j'avais gardé les costumes et les accessoires. C'est moi qui m'en occupais à l'époque. Je les lavais, je les repassais.

— Vous lui en avez fourni ?

— La blouse de Marie-Claire Sédier comme celle de Michèle Penivo. J'ai ajouté des morceaux dans le dos pour qu'elles puissent les mettre. J'ai trouvé des chaussures plus grandes, des bas blancs, des chapeaux. Même une lance, en refaisant un lis en carton !

— Votre protégé, il vous avait dit ce qu'il voulait en faire ?

— Si je vous réponds oui, ce sera retenu contre moi comme on dit dans les films. Donc je n'en savais rien. J'ai compris en lisant les journaux.

Maria afficha un rictus prononcé.

— Darevi et ses trois égéries lui ont fait du mal. Il ne le méritait pas. En contrecoup, on m'a mise dehors de mon logement. Une femme seule recevant un jeune homme chez elle l'après-midi ! Un grand coup à la morale. Expliquer n'aurait servi à rien. Ils n'ont eu que ce qu'ils méritaient. Je ne regrette pas qu'il se soit vengé.

— Et pour le couple Lansac ?

— Je ne sais pas ce qui s'est passé.

— On va lui demander…

Maria sourit.

— Si je vous ai raconté tout ça, c'est que je pense qu'il est loin maintenant et que vous n'arriverez pas à le retrouver. J'ai dit et fait exactement comme il m'a dit de faire.

Elle leva la main.

— C'est curieux ! Vous ne m'avez pas demandé son prénom.

— Il n'est pas trop tard.

— On l'appelait Jeannot.

— Son prénom n'est pas Jean…

— Son histoire lui appartient.

Elle baissa les yeux. Elle fit tourner lentement l'anneau aux hermines autour de son annulaire et elle dit doucement :

— Mon Jeannot…

XXIII

— J'espère que tu sais ce que tu fais ! dit Lorraine, assise dans la voiture à côté du commissaire.

— Je fais mon métier, toujours, tout l'temps !

— Tu te pointes chez une dame qui n'a qu'un lointain rapport avec l'affaire !

— Elle connaît tout le monde !

— Tu la soumets à un interrogatoire !

— Échange informel !

— Je vois d'ici la tête du juge d'instruction quand tu vas lui expliquer que vous étiez juste en train de parler à bâtons rompus quand ton interlocutrice s'est mise à te raconter comment un jeune homme qu'elle a connu dans le temps a imaginé se venger de ses camarades de classe en les trucidant l'un après l'autre ! Il va te croire, c'est certain !

— On aurait pu se cantonner à dire que l'affaire était résolue et l'action judiciaire éteinte par le suicide de l'auteur des faits. Maria ne serait pas venue me voir pour me dire combien je m'étais planté et le véritable responsable de tout ça se serait fondu dans la nature sans être jamais inquiété.

— Peut-être mais tu aurais pu transmettre tes conclusions aux magistrats chargés d'instruire au lieu de jouer cavalier seul. Comme toujours !

— C'est là, justement, que je te dis non ! Le gentil Jeannot, il s'est bien foutu de ma gueule ! Il a compté sur moi pour que je gobe sa construction criminelle basée sur Lansac, et même que je finisse par valider le chercheur comme instigateur de tout ce cirque. Son plan, c'était ça : me mettre dans le coup pour que je le cautionne !

— Là, tu es en train de laisser croire que ce que tu as décelé ne l'aurait pas été par d'autres…

— Mais pas du tout ! Ce que je veux dire, c'est qu'il s'est agi d'une confrontation *mano a mano*. Mon adversaire a voulu s'appuyer sur moi pour faire accepter son scénario et rester impuni.

Landowski frappa le volant.

— Et ça, tu vois, je ne l'accepte pas !

— Elle t'a dit qu'il avait disparu dans la nature et que tu pouvais toujours lui courir après !

— Tout n'est pas perdu. Tu sais parfaitement que je suis un brin tenace !

Le commissaire se tourna vers Lorraine.

— Pourquoi tu me regardes comme ça ? demanda-t-elle, certaine qu'il allait rebondir.

— J'ai besoin de toi.

— Si tu n'as pas d'idée où le trouver, le Jeannot en question, ben moi non plus !

— Il y a quelqu'un…

— Tu penses à cette Maria ? Peine perdue. Il a certainement prévu ta réaction et il a coupé le lien entre eux. D'ailleurs, elle ne t'aurait rien dit si elle avait craint que tu ne mettes la main dessus. Tu viens de dire qu'il tirait si bien les ficelles, non ?

— Il est passé sous nos fenêtres, il est allé à Erdeven, à Carnac, à Vannes. Il a sévi partout dans le coin. Inutile pour lui de faire cent bornes à chaque fois pour retourner dans sa tanière. D'autant qu'il ne voulait pas me quitter des yeux !

— Je fais quoi ?

— Tu vas chercher à savoir avec elle où il était basé pendant toute l'opération.

— Tu l'as vue ! Tu crois vraiment qu'elle va parler ?

— Sinon je demande à Ange et à Jim de s'en occuper !

Lorraine sursauta.

— C'est devant moi, magistrate, que tu oses évoquer des sévices sur un témoin pour obtenir des aveux !

— Mais qui te parle de ça ? Un feu roulant de questions peut parfois suffire…

— Et elle te collera un avocat dans les pattes ! Du pain béni s'il veut s'amuser ! Tu n'imagines pas ou tu fais l'imbécile ?

— D'où l'échange calme et serein que vous pourriez avoir entre femmes…

— Elle va te livrer celui qui l'a prise comme une femme dans un superbe moment qu'elle n'a jamais oublié ?

Lorraine secoua doucement la tête.

— Mais quand est-ce que vous, les hommes, vous comprendrez quelque chose aux femmes ?

Landowski pianota sur le volant. Lorraine n'attendait pas vraiment de réponse.

— Tu me promets de la laisser tranquille ensuite ? s'enquit la magistrate.

— Normal ! Je ne suis pas chargé de l'affaire.

Elle sortit de la voiture. Il la regarda pénétrer dans l'immeuble.

— Vous laissez Lorraine seule avec Maria, dit-il au téléphone à Ange.

— OK, on redescend.

Les deux policiers croisèrent la magistrate et ils rejoignirent leur mentor dans le véhicule.

— On fait quoi, là ? demanda Jim, à peine assis.

— On attend…

Le temps passa. Au bout d'un moment, Landowski demanda à Jim de remonter à l'appartement pour ne pas laisser Maria seule quand Lorraine aurait terminé.

Pas question qu'elle prévienne son Jeannot.

Ange se posta à l'entrée. Un peu plus tard, Landowski lui-même sortit se dégourdir les jambes.

Il fit quelques allers-retours sur le trottoir. L'entretien durait.

Enfin Lorraine apparut à la porte de l'immeuble. Elle s'approcha de la voiture puis elle s'assit à l'intérieur.

— Alors, ça donne quoi ? demanda le policier, pressé de savoir.

— D'abord, je vais te dire, Lando, que c'est une bonne personne. Elle m'a raconté son histoire. Elle n'est pour rien dans tout ça. Entre femmes, elle m'a confié des choses. Elle a compris que tu ne lâcheras pas. Elle craint pour la vie de Jeannot, comme elle dit tout le temps. Elle pense qu'il y a un combat entre vous. Elle est persuadée qu'il ne se laissera pas faire si on le retrouve et qu'il choisira probablement de mourir.

— Elle a indiqué qu'il était déjà loin…

— Elle l'espère mais elle n'en est pas certaine. Il lui a dit qu'il partait aujourd'hui mais il n'a pas précisé.

Landowski plissa les yeux.

— Elle pense qu'il se débrouillera pour lui dire au revoir. C'est ça, hein ?

Lorraine hocha la tête.

— Il viendrait chez elle ?

— Trop risqué mais il peut la croiser en ville, dans un commerce ou sur le port.

— Plutôt en terrain dégagé en tout cas. Et comme Maria aime le bord de l'eau…

— Elle ne sait pas elle-même. Ce qu'elle a aimé chez son Jeannot, c'est justement son improvisation et sa capacité à rebondir.

— Ils se sont donc revus plus souvent qu'elle ne veut bien le dire !

— Elle est restée très discrète sur ce point. Moins sur d'autres.

— Finalement, tu as pu savoir où il se cache ?

— Il a changé tous les jours. Cette nuit, il a dormi dans le secteur des alignements, pour être proche de la route à prendre pour s'en aller définitivement.

— Précisément ?

— Dans une maison forestière à laquelle on peut accéder à partir de la route du Moustoir. En continuant celle-ci, tu prends la direction d'Auray.

— Et de là, au monde entier !

Le policier se redressa sur son siège. L'instinct du chasseur.

— On a encore une chance de le prendre au nid.

— Mais la rencontre avec Maria, tu disais…

— Il n'a pas l'intention de venir la voir.

Lorraine s'étonna :

— Mais pourquoi tu dis ça ?

— Elle a indiqué qu'il était déjà loin ! C'est qu'ils se sont vus hier soir. Ou ce matin de bonne heure. Ou cette nuit. Elle a une mine chiffonnée comme si elle avait peu ou pas dormi. Maintenant qu'on a débarqué ici, elle veut nous fixer pour lui laisser le temps de mettre de la distance entre nous. Elle nous balade, j'te dis !

— Mais l'adresse qu'elle a donnée ?

— Elle jette du lest en espérant que ce n'est pas trop tôt puis elle te prend par les sentiments.

Landowski inspira bruyamment.

— On va y aller.

Lorraine sursauta sur son siège.

— Alors on y va, comme ça ! Trois flics et une magistrate en vacances ! En avant nous autres, fleur au fusil ! Mais tu penses à quoi, encore une fois ?

— Que le Jeannot, il a buté trois femmes et un homme au moins !

— C'est toi qui le dis ! Pour l'instant, le suspect tout désigné s'est donné la mort !

— Maria, elle a livré des trucs quand même !

— À toi et à personne d'autre ! Tu avanceras quoi comme preuve ?

— Ma parole !

— Si elle est coincée, elle finira par lâcher que c'est de Lansac qu'elle parlait, que c'est lui qui a tout manigancé, qui lui a demandé les accessoires et tout concordera ! Même le prénom colle ! Tu n'auras rien de plus pour contrer !

— Et le mec, il lave sa combinaison de plongée avant d'aller se suicider ! Avec de l'eau de Javel en plus pour effacer les traces ! Les traces de quoi, de son propre ADN ? Déconnant !

— Tu ne seras pas entendu ! Tu trouveras peut-être même des gens assez contents, sans l'avouer, de constater ta déconfiture !

— Comme ça, l'affaire sera classée et le véritable criminel jouira d'une confortable immunité…

— Sauf s'il y a des aveux !

Landowski bouillait intérieurement.

— Je n'ai pas l'intention de le laisser partir je ne sais où. Je vais le choper et le faire avouer tout ça !

— Oh oh, Zorro ! Imagine que l'on se pointe là-bas tous les quatre ! D'abord, s'il est encore là, il ne va peut-être pas se rendre…

— Si ! Quand il verra Maria…

Stupeur visible de Lorraine.

— Tu…

— Oui. Elle vient avec nous !

— Mieux encore ! On enlève une retraitée. On interpelle un quidam sans mandat. Peut-être les armes à la main. Peut-être même en le blessant ! On le cuisine un peu. Il refuse de parler. Ensuite le parquet, l'avocat, la presse et notre hiérarchie pour couronner la pièce montée ! Ce sera à nous de prendre un avion pour disparaître dans une île qui n'existe pas sur les cartes ! Et *fissa* comme tu dis souvent !

Landowski baissa les yeux.

— Bon alors, qu'est-ce que tu proposes ? dit-il un peu désabusé.

— Faut partager le gâteau. Mets du monde dans le coup !

— Faudra des plombes pour expliquer ! Le Jeannot sera déjà loin !

— Quand on l'aura en vue, Ange demande de l'aide d'urgence à la brigade de proximité pour cerner le secteur. S'il le faut, tu laisses les gendarmes l'arrêter. De mon côté, je passe un coup de fil au Palais. Je leur refile le bébé. L'honneur sera sauf !

— J'veux qu'il cause un peu avant !

— Alors tu le leur remets juste après ! Ils auront leur heure de gloire et ce sera normal !

— Et pour Maria ?

— Tu diras qu'elle était là pour éviter toute effusion de sang !

Ils se turent tous les deux. Il y avait quelque chose d'important en jeu, un challenge, une démarche risquée. Une sorte de dernière chance.

Un fil de rasoir.

XXIV

Deux voitures pour se rendre sur place. Landowski avait emmené ses deux compères, Maria était montée dans celle conduite par Lorraine.

Le voyage de Vannes à Carnac avait paru long à chacun des participants du convoi. Maria était restée silencieuse et la magistrate avait respecté sa volonté. Dans le véhicule des hommes, on avait calé le mode opératoire de l'arrestation en évoquant toutes les possibilités ainsi que les coups du sort. Comment connaître précisément à l'avance la réaction d'un homme qui ne s'attend pas forcément à être interpellé. Et s'il s'y est préparé, il n'est pas dans la tête de ceux qui vont tenter de le serrer. C'est un jeu dramatique qui conduit à la mort si l'on n'y prend pas garde.

Landowski avait pris la D186 au rond-point de Kergroix, descendu vers les Quatre-Chemins puis il avait fait un signe par la portière pour indiquer qu'il allait s'arrêter sur la gauche. Un décrochement de la route leur donna l'occasion de se mettre au pas et de s'engager sous les arbres.

Il n'y avait aucune route, aucune habitation. Juste un chemin forestier qui ne semblait pas souvent fréquenté. Au moyen d'une simple carte et de la petite boussole de son gilet, le commissaire comptait arriver sur l'arrière du pavillon de chasse et surprendre ainsi le criminel.

Le petit groupe passa à la marche.

Landowski d'abord, flanqué de Jim et d'Ange. Loin derrière, très loin même sur les ordres du divisionnaire, Lorraine et Maria. Celle-ci avait été prévenue que, si elle avertissait Jeannot du danger, les hommes seraient contraints de l'arrêter en lui tirant dessus. Le tuant peut-être. Ce que Maria avait bien enregistré.

Ils ne cheminèrent pas longtemps avant d'apercevoir le rebord d'un toit de rondins puis le chalet. Juste devant, une voiture était garée, l'avant tourné dans le sens du départ. On apercevait à quelques centaines de mètres une route de campagne, étroite et sinueuse.

Landowski fit un signe à Lorraine. Avant de commencer l'opération, il lui avait dit qu'elle devait être d'une discrétion totale. Il tempérait l'envie de Lorraine d'être aux premières loges.

Les trois hommes se déployèrent pour s'approcher de la petite maison. Côté forêt, il n'y avait qu'une seule ouverture dans le pignon opposé. Le reclus ne pourrait donc pas facilement les voir avancer. Landowski indiqua à Ange de s'écarter afin d'avoir une vision panoramique sur le site. Cela voulait dire que c'est lui qui stopperait la cible d'une balle si l'action ultime s'avérait indispensable.

Landowski et Jim se séparèrent et chacun fit le tour pour parvenir à l'angle de la baraque. Puis ils avancèrent jusqu'à la porte, montèrent sur le seuil surélevé et, d'un coup d'épaule, Landowski ouvrit la porte, qui claqua sur la cloison.

— Police ! Sortez mains en l'air !

Rien ne bougea dans la pièce. Jim entra, fit le tour du propriétaire vite fait vu qu'il n'y avait que deux pièces.

— Personne ! annonça-t-il en abaissant son arme.

— Regarde ! dit le commissaire le doigt pointé vers la table. Il a fait ses valises. Il n'y a plus rien.

Ils sortirent. Landowski fit un signe à Lorraine pour indiquer qu'il n'y avait personne puis il s'approcha de la voiture. En se penchant à l'arrière du break, il remarqua qu'il y avait plusieurs grands sacs de voyage bien rangés.

— Il est prêt à partir, conclut-il.

— Mais où il est ? Il nous a entendus venir ?

— On est à pied. Il aurait filé en voiture !

Il se déplaça pour faire signe à Lorraine d'approcher avec Maria, à qui il s'adressa aussitôt.

— Il n'est pas là !

— Je vous l'avais dit !

— Il n'est pas parti ! Ses affaires sont dans la voiture.

— Je ne sais pas.

Elle avait un petit sourire en coin, bien heureuse de faire échec au super-flic.

— Y a quoi dans le coin ? dit-il un peu pour lui-même en déployant la carte qu'il avait emportée.

— On est là !

Il posa le doigt sur une partie arborée. Sur la droite, des menhirs étaient matérialisés pour indiquer un lieu touristique.

— C'est quoi, ça ? demanda-t-il à Maria.

— Le Quadrilatère. C'est un rectangle avec des pierres debout.

— Et là ?

— Le Géant du Manio ! Un très grand menhir tout seul au milieu d'une clairière.

— On peut rejoindre la route de l'autre côté ?

— Il y a un centre équestre et la route après.

— Il n'a aucune chance par là, précisa Ange. Les gendarmes se sont déployés de ce côté il y a une heure déjà !

Landowski se retourna vers Maria.

— Il a une raison d'être parti à pied dans cette direction ?

Elle regarda ailleurs.

— S'il tombe sur le cordon de gendarmes, il met sa vie en danger. Vous le comprenez, ça ?

Landowski avait parlé sèchement.

— Alors ?

— Les jeunes se réunissaient là, parfois, le samedi soir…

— Il pourrait y être allé ?

— En souvenir peut-être !

Maria ne faisait aucun effort et chacun la comprenait.

— On y va ! dit le patron.

— Nous aussi ? demanda Lorraine.

— Oui mais vous restez bien en arrière !

Landowski se tourna vers ses deux collègues et ils reprirent la marche. Le lieu préhistorique n'était pas loin. À l'orée du site, Landowski aperçut un homme seul qui lui tournait le dos. Il paria que c'était Jeannot.

Il expliqua sa stratégie à mi-voix :

— Je passe de l'autre côté. Je me planque du côté du Géant. Jim, tu contournes le Quadrilatère. Ange, tu te mets à la place du mec une fois qu'il part plus loin.

— Et ? demanda Jim.

— On fait l'écho, vous connaissez la manip. Jim, Ange et moi, finalement. Ensuite on fait au mieux. Il va refluer vers sa voiture.

— Y a Lorraine ! indiqua Ange.

— Y a Maria ! ajouta Landowski. Allez, on bouge.

— On le stoppe ? demanda Ange.

— Moi, si c'est nécessaire.

La tension venait de monter d'un cran.

Là-bas, le tueur venait d'entamer le tour du Quadrilatère. Jim s'approcha de sa position, suivi d'Ange à distance. Landowski passa par la droite et emprunta un sentier marqué par les sabots des poneys du centre équestre. Ensuite il parvint à l'enclos du

Géant, enjamba le talus et vint se placer contre l'aiguille de pierre, le soleil dans son dos.

Jeannot termina son tour de piste puis il traversa le chemin en direction du grand menhir. À ce moment précis, un groupe de cavaliers en retour de promenade traversa le site en direction du centre. Jeannot les regarda passer comme s'il les enviait.

La dernière croupe disparue sous les arbres, Jim cria :

— Jeannot !

L'homme se retourna mais il ne distingua pas vraiment le policier caché sous les arbres. Puis Ange cria le prénom à son tour. L'homme regarda dans l'autre direction. Enfin Landowski dit :

— Je suis là, Jeannot !

L'homme s'approcha du Géant. Il ne voyait rien, le soleil au zénith était comme posé juste en haut du menhir et il se le prenait en pleine figure.

— C'est qui ? demanda le tueur.

— Moi !

Et le commissaire fit un pas de côté pour apparaître façon western.

— Landowski !

Le cri du fuyard qui se mit à courir.

Les policiers lui emboîtèrent le pas aussitôt. Course de courte durée parce qu'il stoppa net en voyant Maria au milieu du chemin avec Lorraine en retrait.

— Rends-toi, Jeannot ! dit Maria. Sinon ils vont te tuer.

Les trois policiers s'étaient figés à quelques

mètres. La scène était surréaliste, comme l'arrêt sur une image d'un film dont on ne veut manquer aucun détail.

Jeannot marcha lentement vers Maria, la regarda intensément et la prit dans ses bras.

C'était fini.

XXV

— Vous pouvez choisir de vous taire, dit Landowski, adossé à la cloison de la chambre dans le pavillon de chasse. Le cordon de gendarmes va être levé dans un moment. Le procureur ou le juge d'instruction, peut-être les deux, vont arriver de Vannes.

— Vous avez gagné, dit le prisonnier en ricanant.

— On n'arrive jamais à tout prévoir, vous savez !

— Je n'aurais pas dû vous associer à tout ça, Commissaire !

— C'était tentant !

— Si vous aviez marché jusqu'au bout, vous auriez été l'artisan de mon innocence ! Tant pis !

— C'est le journal qui m'a branché.

— Quel journal ?

— L'édition du vendredi glissée dans la boîte à lettres d'un ami à Port-Haliguen. C'est vous ?

— Moi ? Mais pas du tout ! Une coïncidence. De toute façon, vous auriez réagi. J'avais assez de victimes potentielles pour finir par vous accrocher !

Il regarda par la fenêtre. Maria attendait dehors en compagnie de Lorraine.

— Comment m'avez-vous trouvé ?

— Votre opération de nettoyage touche à la nostalgie. Vous avez eu envie de revoir une dernière fois le lieu de vos folles nuits du samedi soir.

— En amenant Maria ici, vous étiez certain de votre victoire !

Landowski secoua la tête.

— Peut-être un peu. En fait, j'ai voulu vous empêcher de faire une bêtise. Ces prochains jours et ceux qui suivront, vous allez connaître un parcours pas facile. Maria ne vous laissera pas tomber.

— Si l'administration pénitentiaire ne me fait pas faire le tour de France !

— Je ne peux rien vous promettre.

— Je sais…

Il n'y avait qu'une chaise, sur laquelle était assis Jeannot. Landowski aurait voulu se mettre dans une autre position pour pouvoir détendre l'atmosphère. Il n'en avait pas la possibilité et il n'avait pas beaucoup de temps.

— Vous comprenez que j'ai envie que l'on parle de certaines choses…

— Mais comme vous l'avez dit tout à l'heure, vous savez que je peux réserver mes propos au juge !

— Qu'est-ce que vous décidez ?

— Posez-moi des questions ! Vous verrez si j'y réponds !

— Nous avons voulu que Maria soit là.

— J'aurais bien voulu qu'elle n'assiste pas au dernier épisode. Mais bon, je suis content de la revoir.

— On peut parler d'histoire d'amour ?

— Elle a quinze ans de plus que moi. À l'époque, on aurait pu lui chercher des noises. Elle n'a pas réfléchi. Elle a fait ce qu'elle trouvait juste. C'est elle qui a fait de moi un adulte. Je lui dois beaucoup.

Il suivit du doigt une veine un peu plus claire dans le bois de la table.

— Mon père était argentin et diplomate. Il a disparu quand Perón est revenu au pouvoir. Ma mère est du Morbihan. Elle m'a inscrite au lycée à Vannes quand on est rentrés. Juan, c'est mon prénom. C'était trop connoté. On a choisi de dire Jeannot.

— Vos camarades de classe connaissaient votre origine ?

— Ils ont fini par le savoir.

Il se désigna.

— Je n'ai pas tout à fait le profil d'un breton pure souche !

— Ce qui s'est passé le dernier jour de l'atelier théâtre a quelque chose à voir avec ça ?

— Ils se recevaient entre eux. Je n'étais pas dans le cercle. Ma mère non plus. Et j'étais le premier de la classe…

— Après vos études, vous êtes reparti en Argentine ?

— Je voulais retrouver mes racines.

Juan-Jeannot s'éclaircit la voix en toussotant.

— C'est à Buenos Aires que j'ai rencontré Lansac. Il faisait une conférence dans un grand hôtel.

— Sur les reptiles ?

— Ceux de l'Orénoque, de l'Amazone et des autres fleuves de l'Amérique du Sud. Il venait d'y passer deux ans après le Congo.

— Vous êtes allé le rencontrer après sa prestation ?

— Il a été très surpris de me voir là. Nous avons pris un verre à son hôtel puis dîné.

— Sa femme Aline était présente ?

— Elle était rentrée en France. Elle était déjà malade. Je ne me suis pas éternisé. Il se levait tôt pour prendre son avion. On s'est promis de se revoir ici à Carnac où il avait gardé la maison de famille.

— Et vous êtes allé lui rendre visite…

— Son idée de s'appuyer sur des venins pour créer un antidote m'avait séduit.

— Vous pensiez en faire quelque chose déjà ?

— Du tout.

— Vous aviez envie de vous venger ?

— J'en avais le projet.

— Et vous l'avez rencontré dans son laboratoire rudimentaire…

— Il m'a dit qu'il était bloqué par la nécessité de disposer de cobayes.

— Humains ?

— L'expérimentation se fait d'abord sur des animaux.

— Vous pouviez l'aider ?

— Je lui ai demandé de me confier une dose…

— C'était mépriser le protocole, non ?

— Il m'avait très bien compris.

— Et vous avez fait l'essai sur Marie-Claire Sédier.

— Exactement.

— Il vous l'a reproché ?

— Bien sûr ! Réaction attendue mais un peu surjouée. Il m'a menacé. Il avait la trouille. Je lui ai rappelé que, la dose, c'était lui qui me l'avait donnée et que je pouvais tout à fait jouer l'ignorant, n'ayant fait que suivre ses instructions pour tester un vaccin.

— Il a compris où vous vouliez en venir ?

— Je pense qu'il ne découvrait pas les choses. Nous avions évoqué des souvenirs…

— Ce fameux simulacre de procès…

— Pour Darevi, ce n'était pas un jeu. Lansac pensait comme moi d'ailleurs.

— Il était jaloux de vous ?

— J'étais sorti tout à tour avec Marie-Claire, Fabienne et Michèle. Des relations éphémères. Je n'avais pas besoin d'argent pour ça. J'avais peut-être un parfum d'exotisme…

— Le chercheur a ensuite ouvert un cahier pour consigner les expériences.

— Caractéristiques des sujets traités, dosages, temps de réponse…

— C'est ça.

— Il a transformé votre plan de vengeance en expérimentation scientifique en quelque sorte…

— Il a voulu continuer ses recherches. Dans les camps, des médecins nazis ont choisi cette voie…

— Son antidote n'était pas vraiment au point.

— Je ne suis pas certain qu'il cherchait vraiment un contrepoison.

— Il aurait adhéré à votre projet ?

— Je le pense, oui, même s'il ne l'a jamais affirmé. Il ne supportait pas Darevi, avec sa suffisance et sa prodigalité. Par ricochet, il reprochait à Marie-Claire, Michèle et Fabienne d'être prêtes à tout pour obtenir ses faveurs. Il n'a pas versé une larme à chaque fois que je lui ai annoncé que l'une ou l'autre avait succombé à la dose qu'il avait spécialement préparée pour chacune d'elles.

— Vous pensez qu'il faisait le nécessaire ?

— Je lui donnais l'occasion de jouer avec leurs vies, lui qui n'avait été qu'un obscur chercheur dépensant son argent au bord des fleuves infestés de moustiques, et dont la communauté scientifique ne reconnaissait pas les travaux.

— Il vous rendait service en quelque sorte.

— Il avait l'outil. Je mettais en œuvre.

— Et si on en revenait…

— Quand ils m'ont fait jouer le rôle de l'accusé et qu'ils m'ont humilié en public, ils n'imaginaient pas qu'ils en paieraient le prix fort !

— Vous y pensiez déjà ?

— C'est quand Maria a perdu son logement et une partie de ses heures de travail que j'en ai eu une rage folle. Elle ne m'a plus quitté. Certes la séquence dépassait le truc de potaches mais on aurait pu en rester là. Maria nous avait rendu service chaque mercredi. Elle ne méritait pas ça. Pol Darevi aurait pu demander à son père d'intervenir.

— Il ne l'a pas fait ?

— Il n'a même pas essayé. Maria n'était pas de son monde.

— Il savait que vous…

— Peut-être qu'il s'en est douté. Si oui, il en a été doublement satisfait.

— Vous en avez parlé quand vous l'avez revu sur la plage ?

Juan ricana.

— Inutile. Il ne pensait qu'à sa petite personne et à sa jeune boniche qui le comblait.

— Et sa femme ?

— Déjà le jour du mariage, le contrat était assez clair ! Le maintien des acquis familiaux et de l'image bien lissée d'une famille heureuse. Rien de plus.

— Et Michèle Penivo ?

— Vous l'avez vue sur la photo. Elle était la garde-chiourme avec son calot et sa lance. L'égérie de Darevi depuis le week-end précédent. S'il avait exigé qu'elle m'embroche, elle l'aurait fait. Je suis certain qu'elle a jubilé de me voir ainsi à sa merci. Regardez bien la photo.

— Vous étiez un peu mal barré…

— Les trois filles me serraient de près. Elles n'avaient pas envie de rater leur instant ultime.

— Vous y pensiez ?

— Mais comment voulez-vous ? C'était un jeu, une mise en scène pour une photo de fin de classe.

— Pourquoi ne se sont-elles pas tenues à ce tableau final ?

— Darevi n'emportait la mise que parce qu'il payait. Je lui faisais de l'ombre. L'été arrivait. Il assurait ses arrières. Et puis elles m'en voulaient peut-être…

— Et vous en avez meurtri au plus profond de vous-même…

— Le pantalon était trop grand. La boue a fait céder les pinces des bretelles. On aurait pu en rire et rester là. Elles ont continué. J'aurais voulu qu'elles crèvent sur place !

— Déjà ?

— Oui, déjà ! Une pensée qui ne m'a plus quitté mais qui ne comportait aucune mise en œuvre pratique. C'était une rancœur forte. Il y a eu comme une fracture en moi. Je n'étais qu'à moitié français. Mon père nous avait laissés. Je ne savais rien des marées, de la mer et de ses poissons. Je ne rêvais que d'aventure. Pas de famille, de domaine, de position sociale, d'argent.

— Et quand on ne comprend pas, on rejette…

— Je me suis promis de revenir.

— Et vous avez revu Marie-Claire Sédier…

— Je suis allé chez elle à Erdeven. J'avais envie de commencer par elle vu que nous avions eu une courte idylle ensemble avant que les billets de Darevi ne la détournent de moi.

— Vous l'avez trouvée comment ?

— Elle avait beaucoup changé. Elle avait subi des séances de chimio à répétition. Elle ne parlait que de paradis perdus, de choses qui la détournaient de son quotidien banal. Elle avait une collection de livres sur des théories fumeuses. Elle s'y réfugiait.

— Et vous l'avez amenée aux alignements…

— C'est une idée à elle.

— Racontez-moi…

— Je suis allé la chercher avec la voiture de Lansac. Il m'avait dit de l'utiliser. Elle était équipée pour. Il y avait à l'arrière un frigo bricolé par ses soins, dans lequel il transportait ses prélèvements des différents venins qu'il recevait. Des produits instables qui pouvaient se corrompre s'il y avait une hausse subite de température.

— Vous avez bu un café ensemble ?

— J'ai apporté des croissants.

— Il n'y a pas d'ADN sur la tasse.

— Je l'ai lavée et j'ai reversé quelques gouttes de café pendant que Marie-Claire s'habillait avec les vêtements que j'avais amenés en souvenir.

— Vous portiez quoi, vous ?

— Un lycra, un legging. Des gants. Un survêt pardessus.

— Elle n'a pas trouvé ça bizarre ?

— C'était un jeu…

— Et le fragment de photo ?

— J'ai attendu qu'elle passe dans la salle d'eau.

— Et la médaille de Sainte-Anne qu'on a retrouvée à son poignet ?

— Elle la portait le jour où nous avons fait l'amour. Elle l'a mise en souvenir.

— Le slip qu'elle n'a pas enfilé ?

— Pour ne pas avoir d'obstacle entre nous. Peine perdue. Mon intention était ailleurs. Le moule était cassé.

— Elle avait eu un rapport la veille. Protégé.

— Darevi passait la voir…

— Et donc, vous vous êtes rendus aux alignements…

— Je lui avais suggéré une cérémonie au lever du soleil comme un nouveau départ.

— Une fois sur place ?

— Je l'ai attachée au menhir avec la cordelette soigneusement tartinée de mucus de Lansac. Elle s'en est amusée. Je me suis collé contre elle.

— Vous aviez la seringue ?

— Dans la manche. Comme à chaque fois.

— Elle vous a dit quelque chose de particulier ?

— Juste cette phrase : « Si tu m'avais fait un enfant ce jour-là, notre vie aurait été changée. »

— C'est tout ?

— Même si on jouait à l'ésotérisme de bazar, elle n'était pas dupe. Elle acceptait ce qui allait se passer. Peut-être pour renaître ailleurs. Ou pour en finir. Je n'en sais rien.

— Et puis ?

— Elle m'a mis les bras autour du cou. J'ai passé ma main gauche dans son dos et je me suis collé contre elle. J'avais déjà la seringue en main. J'ai piqué très vite. Elle a juste tressailli et elle m'a regardé avec une intensité que je n'oublierai jamais. Elle s'est affaissée très vite et sa tête s'est inclinée.

Juan regarda ailleurs.

— Je suis parti très rapidement.

— Vous semblez dire que Marie-Claire Sédier acceptait la mort que vous lui donniez ?

— J'ai cru sentir ça. En tout cas, elle s'est laissé faire.

Il soupira.

— Mais peu importe, dans le fond. Je voulais qu'elle meure. Qu'elle soit d'accord ou pas. Sans problème, c'était mieux.

— Voulez-vous faire une pause ? demanda Landowski, qui trouvait l'atmosphère un peu lourde.

— Si vous voulez entendre la suite, faut continuer. Le juge n'attendra pas dehors !

— Vous avez raison, admit le commissaire.

— Pour Pol Darevi, ça a été un jeu d'enfant. Il avait tellement peur quand on avait les pieds dans l'eau qu'il a cru être sauvé en s'asseyant dans sa voiture pour remettre ses chaussettes. Je crois avoir enfoncé l'aiguille trop profondément mais Lansac m'avait dit que si je ratais l'artère, le résultat serait équivalent parce que le produit bloquait tous les muscles, cœur compris.

— Pourquoi le jeter dans le fossé ?

Juan sourit.

— L'idée de la boue, c'était lui, non ? Comme ça, il en a goûté ! Avec son joli pantalon, sa chemise hors de prix et son nœud papillon !

— Pourquoi la toque ?

— J'avais emporté cet accessoire pour Fabienne. Je n'avais rien pour Pol. Fallait vous donner un os à ronger. Ce que j'ai fait.

— Et Fabienne ?

— J'ai mis une combine et je suis passé par la côte. C'est un endroit que je connais bien. Je suis monté par les rochers. C'est un peu chaotique par là. Mais discret !

— Elle n'a pas eu peur en vous voyant ?

— Non parce que je lui ai aussitôt parlé de notre inquiétude mutuelle. Il a suffi que je la fasse s'approcher de la rambarde…

— Vous l'avez basculée ?

— Je l'ai prise dans mes bras. Elle ne m'a pas repoussé, ce n'était pas son genre. Je l'ai piquée puis j'ai passé le bras entre ses cuisses et je l'ai soulevée facilement. Elle a toujours été mince…

— Et il y a eu Michèle…

— Elle avait fait un mauvais mariage. Je suis arrivé au bon moment pour lui dire ce qu'elle voulait entendre. Elle s'est amusée de se costumer. Surtout la lance !

— Pourquoi elle n'a pas refusé ce simulacre ?

— Question d'ambiance ! Elle a voulu se raccrocher à quelque chose, à quelqu'un ! Je lui donnais l'occasion de rêver, de quitter cette peur qui l'assaillait. Elle était prête à tout pour que je ne l'abandonne pas !

— Vous avez procédé comme avec Marie-Claire ?

— Je l'ai emmenée dans le tunnel en prétextant qu'on devait se cacher. Je l'ai plaquée contre le mur et moi contre elle, comme si quelqu'un venait et qu'il fallait faire silence. Elle a juste tressailli et le produit de Lansac a fait son œuvre. Ensuite j'ai accompagné son glissement vers la position assise et je suis parti.

Un court moment de silence occupa l'espace puis Landowski reprit :

— Sur chaque scène de crime, vous avez laissé des traces d'ADN. Les résultats ne figurent pas dans la base de données. Je suppose que ce n'est pas le vôtre !

— Et non, Commissaire ! C'est celui de ce pauvre Jean Lansac, qui aurait fait un excellent coupable si vous aviez gobé ma petite histoire.

— C'était bien essayé !

— Je n'ai pas été loin d'y parvenir !

— Il a suffi d'une erreur banale !

Juan se figea.

— C'est quoi ?

— Vous avez nettoyé les vêtements de plongée au détergent. Quand c'est pour soi, on lave mais pas avec la volonté de faire disparaître toute trace humaine.

— Bien vu, Commissaire !

— Mais pour Aline et Jean Lansac, c'est vous aussi ?

— Ça aurait dû ! J'étais arrivé au bout de ma liste. Il ne me restait qu'à conclure. J'avais souhaité qu'ils partent tous les deux loin, pour qu'on les accuse, qu'on les cherche, qu'on les trouve ou pas. Il y avait ses carnets, ses notes et les fioles de venin. On ne douterait pas de sa culpabilité. J'ai ramené la voiture et je lui ai dit de disparaître. Je ne pensais pas être suivi à la lettre. Lansac a devancé l'appel.

— Pour quelle raison, selon vous ?

— Ils allaient partir. Tout était prêt. Mais Aline n'était plus vraiment en mesure de voyager. Son mari ne serait pas parti sans elle. Il l'a tuée dans son sommeil puis il s'est allongé à côté d'elle et il a vidé la seringue. Belle preuve d'amour !

— Quel gâchis, non ?

— Mon cher Landowski, je comprends que vous pensiez ainsi. Pour moi, c'est une belle réussite même si je vais en payer le prix. Vous ne pouvez pas savoir combien tout cela m'a fait du mal. Je me suis senti rejeté, honni, rabaissé. Aucun ne s'est excusé. Personne n'a pris ma défense. Maria a dû déménager et retrouver du travail. Darevi a pris du plaisir et ses égéries ont suivi bêtement. Ensuite il s'est carré dans le fauteuil de son beau-père et il a coulé des jours heureux. Je m'étais promis d'interrompre leur avenir radieux.

— Vous auriez pu vous en tenir à Darevi ?

— Oh oh, Commissaire ! Vous m'auriez suggéré d'en tuer un seul ?

— Vous savez que ce n'est pas ce que je dis !

— Si, si, j'aurais épargné des victimes. Mais non, voyez-vous. J'ai même songé à éliminer tous ceux qui étaient sur cette photo. Ceux qui avaient été témoins de mon humiliation. Il ne me restait plus beaucoup de cibles mais…

— Pourquoi ?

— Parce que Maria m'a supplié de m'en tenir là. Et je lui ai obéi !

— Dommage qu'elle n'ait pas été informée au début…

— Peut-être qu'elle n'a pas été dupe mais jamais vous ne pourrez le prouver !

Juan s'étira.

— Voilà, Commissaire, vous savez tout ! Le reste, ce ne sont que des détails. Avant que ma situation ne se dégrade, je voudrais solliciter une dernière faveur.

— Dites toujours !

— Laissez-moi seul avec Maria pendant un petit quart d'heure. Ce sera notre dernier moment d'intimité avant longtemps.

— Elle vous attendra.

— Je le sais pertinemment et ça m'inquiète.

— Votre avocat plaidera les circonstances atténuantes. Il attribuera tout ou presque à Lansac.

— J'ai quand même bien chargé ma barque…

— Vous avez choisi.

— Tout à fait. Et je ne regrette rien. Alors ?

Landowski soupira.

— OK, mais pas longtemps.

Le commissaire sortit du pavillon de bois et fit entrer Maria. Une fois la porte refermée, il fit signe à Jim et à Ange, puis contourna la baraque. À peine était-il arrivé côté forêt que l'unique fenêtre du chalet s'ouvrît ; on vit alors le criminel enjamber le rebord.

Landowski s'approcha sans bruit et dit :

— Bien essayé, Jeannot !

ÉPILOGUE

— Dis, Lando, lança Jim, hilare, on pourrait ouvrir une agence tous risques. Tu sais le truc qui passait à la télé ! On gagnerait plus de pognon. On roulerait en 4x4. Miami, Las Vegas...

— Nous trois et Lorraine ! dit Ange. La fine équipe !

— Oh là ! dit la magistrate en entrant sur la terrasse. Arrêtez de rêver comme des gamins ! Y en a un qui va prendre l'avion pour la Corse, les deux autres qui vont retrouver leurs camarades de jeu à Paris et moi qui vais me coltiner un bon gros dossier dont personne ne veut au parquet.

— Rabat-joie ! dit Landowski.

— On a été bons sur ce coup-là, non ?

— Pas mal !

— Alors, on reste sur une bonne impression et on passe un excellent dimanche ensemble ! Je vous prends un baba à la boulangerie de Saint-Philibert, ça vous mettra du baume au cœur avant de repartir vers de nouvelles aventures !

— Puisque tu vas chez Armand, tu me prendras aussi le journal ! dit Landowski en riant.

— Ah non ! Ça suffit comme ça !

FIN

Keruchen, le 11 avril 2018

125, Vieille Route de Rosporden - 29000 Quimper
E-mail : contact@editionsalainbargain.fr
Site Internet : www.editionsalainbargain.fr

ÉDITEURS DE BRETAGNE

Dépôt légal n° 17 - 2e trimestre 2018
ISBN 978-2-35550-250-7 - ISSN 1281-7813
N° d'impression : 805383
Imprimé en France